JN189549

Krik? Krak!

Edwidge Danticat

クリック? クラック!

エドウィージ・ダンティカ

山本 伸 訳

五月書房新社

※本書は2001年に五月書房より刊行された旧版の『クリック？クラック！』を新装改訂したものです。版を改めるに当たっては、原則的に旧版の翻訳を踏襲しながらも訳文の一部を改め、またエディトリアル・デザインも変更しました。

目次

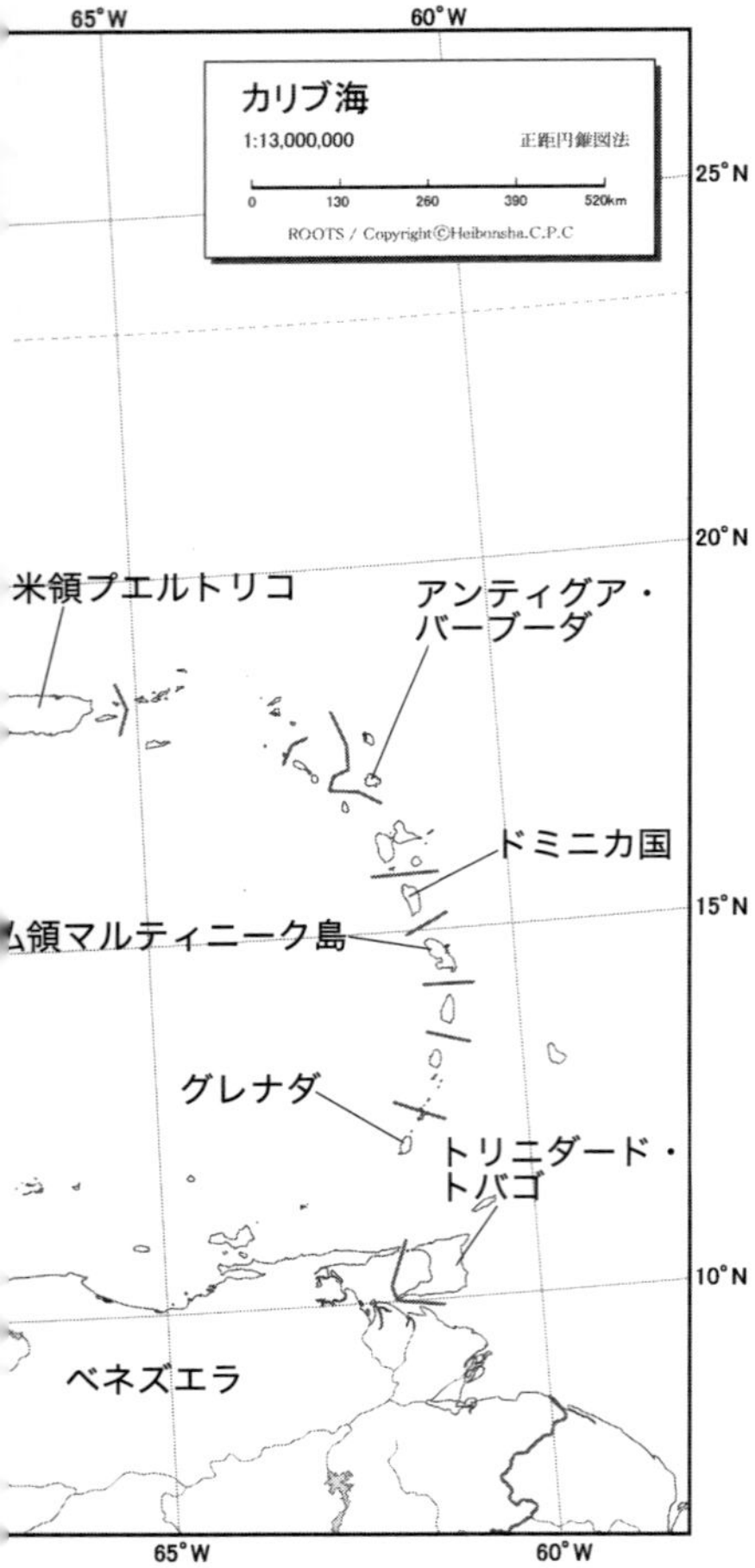

カリブ海
1:13,000,000
正距円錐図法
0 130 260 390 520km
ROOTS / Copyright©Heibonsha.C.P.C

65°W
60°W
25°N
20°N
15°N
10°N
米領プエルトリコ
アンティグア・バーブーダ
ドミニカ国
仏領マルティニーク島
グレナダ
トリニダード・トバゴ
ベネズエラ

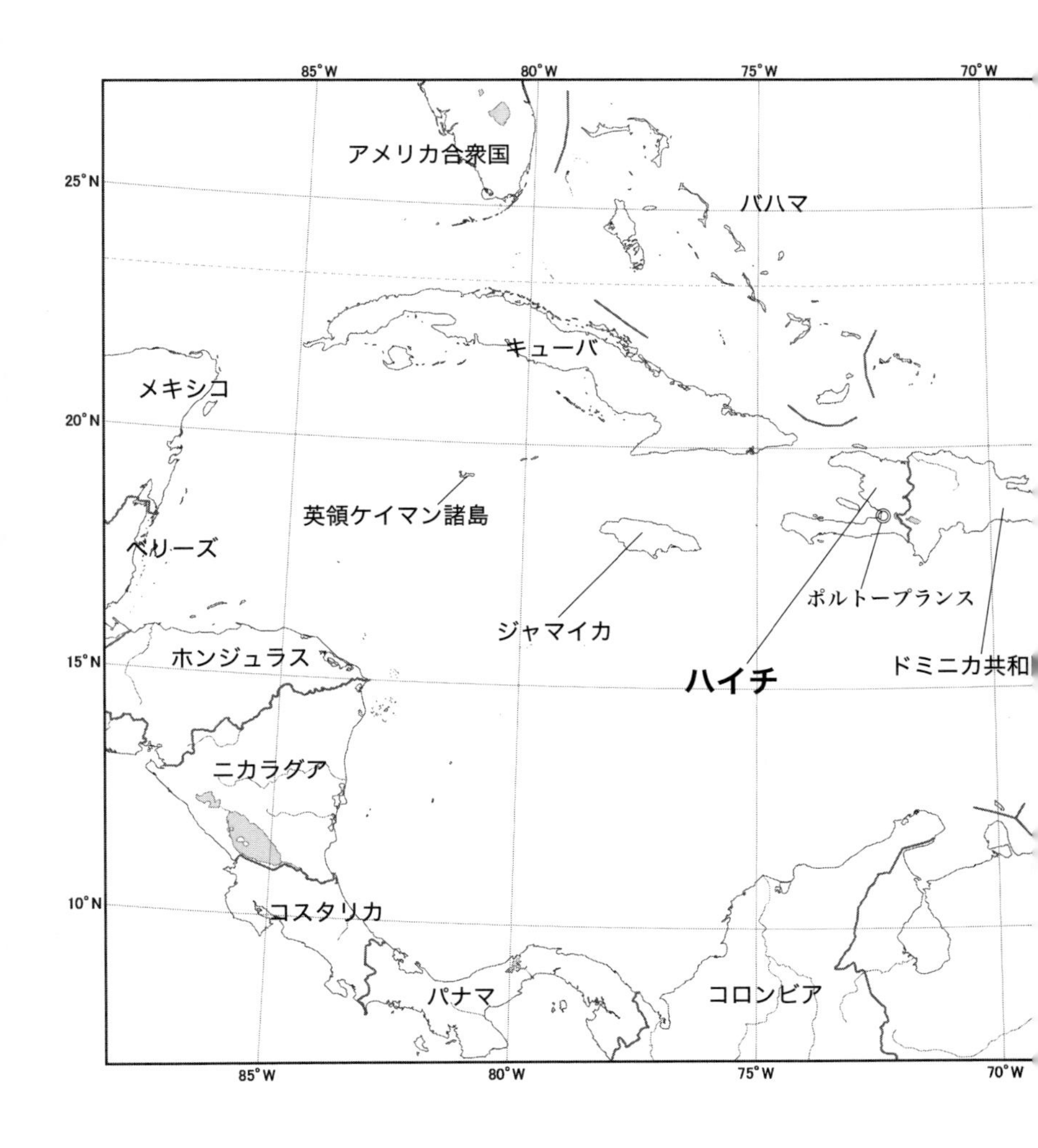
85°W
80°W
75°W
70°W
25°N
20°N
15°N
10°N
アメリカ合衆国
バハマ
キューバ
メキシコ
英領ケイマン諸島
ベリーズ
ジャマイカ
ポルトープランス
ホンジュラス
ハイチ
ドミニカ共和
ニカラグア
コスタリカ
パナマ
コロンビア

Translated by Shin Yamamoto

Japanese translation published by arrangement with Soho Press Inc.

through The English Agency (Japan) Ltd.

Published 2001 in Japan by Gogatsu Shobo Company,

2018 in Japan by Gogatsu Shobo Shinsha Inc.

海に眠る子どもたち

Children of the Sea

山の向こうにはまた山があると聞いていたけど、あれは本当だったんだ。時間の止まった果てしない海。漂う名もない人びと。ぼくは空を見上げ、君のことを思い出す。まるで踏みつぶされたカタツムリか乳歯の抜けた幼子のように泣きじゃくっていた君。そう、ぼくは君を心から愛していた。君の顔は赤蟻のように真っ赤だった。いっそのこと、その爪でぼくの肌を引き裂いて、身体中の血を抜き取ってくれればよかったのに。

航海がいつまで続くのか、ぼくにはわからない。この小さな船にはぼく以外に三六人もの人びとがひしめき合い、粗末な赤い水玉のシーツをマストにその運命をゆだねている。

シーツには、まだ男の精液の匂いと奪われた処女の叫びがこびりついているようだ。その遙かうえに広がる空を見上げながら、けっしてぼくの言うことを聞こうとはしなかったあの日の君のことを思い出す。本当は君ももっと素直にぼくのことを行かせたかったんだろう。もっとよく君のことを考えてあげればよかった。ぼくが君のことを試していると君は思っていたようだけど、ぼくはただ君のそばにいたかっただけなんだ。ああ、これは君の口癖だったね。ついいろいろ考えすぎてしまった。こんな海の真っ只中にいると、ろくなことを考えやしない。一日中、太陽の日差しに肌を焼かれるのは嫌なものだ。もしもまた会うことがあったら、きっとぼくは真っ黒になっていることだろう。

ぼくがいなくなったんで、君の親父さんはきっと君を嫁にやってしまうだろうね。でも、たとえどんなことがあっても、兵士とだけは結婚しちゃだめだ。奴らは人間じゃないんだから。

haiti est comme tu l'as laisse. そう、ハイチはあなたが出ていったときと同じ。昼も夜も銃声が響いている。毎日、同じことの繰り返し。何にも変わりはしない。もう、うんざり。不満と怒りではち切れそう。わたしはゴキブリを家中追いかけまわして、時間をつぶすしかない。ゴキブリの頭をかかとで思い切り踏んづけてやるの。ほんとにイライラする。もう何もかもが腹立たしい。家からは一歩も出られない。クーデターのあと、軍の兵士らが学校を閉鎖したの。前の大統領の名前など口にする人はもう誰もいない。父さんは大統領のポスターやバッジを焼き捨てたし、母さんはバッジを裏庭に埋めた。また大統領が復帰するかもしれない、復帰したら掘り返すんだ、って。みんな家に閉じこもったまま、外へ出ようとはしない。父さんは、わたしが録音したあなたのラジオ番組のテープを捨てろって。音楽が入ったテープは何本か壊し

たけど、あなたのはちゃんと取ってある。それにしても、あなたが無事にここを出られたことを神さまに感謝してる。ほかの青年同盟の連中はみんな消えてしまった。それっきりよ。きっと奴らに捕まったんだわ。いいえ、もう死んでるかも。父さんはあまりあなたの話はしない。でも、あなたが思ってるほど父さんはあなたを嫌っているわけじゃない。この前だって、母さんにあなたはまだ生きてるだろうかって聞いてたもの。母さんがわからないと言うと、父さん、あなたにつらく当たったことを後悔してるような顔してた。わたし、もう蝶の絵は描かない。だってお日様すら見られないのだから。でも、母さんが言うには、蝶はいろんな知らせを運んでくるんですって。明るい色の蝶は幸せ、暗い色の蝶は不吉な死の知らせだそうよ。「おれたちの前には大きな未来が広がっている」あなた、よくそう言ってたでしょ、覚えてる？　でも、いまのハイチはもうあの頃とはまったく変わってしまったのよ。

❖

船には赤ん坊を身ごもった娘が一人乗っている。年の頃は、ぼくらと同じ十九か二十才。顔には剃刀で切られたような傷が残っている。背は低く、その歌うような話し方からして、きっと北部の村の出身だろう。ほかの連中は、みなぼくよりずっと年上ばかりだ。難民船には小さな子どもが多いと聞いていた。でも、この船がそうでなくてよかった。ハイチの未来を背負うはずの小さな子たちが、何の希望もなく、ただ一日中こんな波間に漂っているのを見るのはとてもつらい。とくに大人には堪え難いものだ。もちろん、ぼくにも。

アメリカの大学に入ろうと決める前から、ぼくはアメリカについての本を多く読んでいた。もちろんマイアミのことも。あそこはいつも晴れてて、雪なんか降らない。ここからはあとどれくらいだろう。ハイチの岸辺はすっかり見えなくなった。ここには国境線なんてない。海は一つなんだ。陸から、遠ざかっているという感覚はもうなくなった。ひょっとすると地球は平らなのかもしれない。かつての探検がそう思って海に出たように、ぼくらもいま海に漕ぎ出した。毎晩、嵐に会わないように祈る夜が続いている。ときどきハリケーンに襲われる夢を見る。風が吹き荒び、ぼくらは海へと引きずり込まれる。海底深くに沈んだぼくらが、再びやすらぎの声を上げることはない。

いまはもう前ほど死ぬのが恐くなくなった。早く死にたいとは思わないけれど、その覚悟はできている。でも、誤解しないでくれ。殉教者になりたいわけじゃないんだから。もちろん死ぬのは嫌だ。でも、それがもし避けられないとわかったら、黙って受け入れるしかないだろう。

ぼくの代わりに、誰か若いのがまたラジオ番組を始めてくれればいいと思う。あの番組はぼくの人生すべてだった。ハイチの将来や政府への不満を自由に話せる唯一の場所だったんだから。

この船にはプロテスタントがたくさんいる。ほとんどは自らをヨブだとかイスラエルの子だとか思っているようだ。なかには天が落ち、海が割れることを待ち望んでいる人間もいるだろう。神はときに恵み、ときに奪い取るという。ぼくはほとんど恵まれた覚えがない。神さまがぼくから奪ったもの、それは何だったんだろう。

ああ、わたしに人が殺せたら、呪いの魔術が使えたなら、あいつらを一人残らずこの世から抹殺してやるのに。きょう、フォ・ディマンシェ監獄の前で学生たちが銃殺された。殺されたラジオ・シックスのためのデモ行進中だった。みんなはあなたたちのことをそう呼んでる。ラジオ・シックス。あなたも有名になったものね。人気者よ。あなたは死んだことになってる。学生たちは死体を家族に引き渡せって抗議したの。きょうの午後になって、やっと軍は何人かの遺体を返すと言ってきた。やつらったら、モルグの貧民街へ行って勝手に持って帰れですって。隣のロジェおばさんは息子の頭だけを持って帰った。頭だけよ。モルグの人たちが言うに

は、息子さんは車にひかれ、首と胴とが引きちぎられたそうよ。ロジェおばさんが行ったときには、もう首しかなかったんだって。おばさんはその首を持って、ポルトープランス中を歩き回った。息子がどんなにひどい目にあわされたかを知らせるために。マクート（独裁政権の警察隊・兵士）のやつらはニヤニヤ笑いながら、それはお前の夕食かって聞いたそうよ。おばさん、途端にやつらに飛びかかった。そのあと、一〇人がかりでやっと引き離したというわ。放っておいたら、きっと殺されてたにちがいない。あの犬畜生たち！

わたしももう二度と外には出ない。庭にだって出ない。飢えたハゲタカのように、やつらはわたしたちを狙っている。夜もおちおち眠れない。わたしは闇のなかで銃声を数える。そして、夢であってほしいと願う。あなたは本当にうまく逃げられたのかしら。なんとか確かめるすべがあったらいいんだけど。でも、いつかきっとわかるでしょ。わかるまで、わたしは手紙を書きつづける。文章を書くのは苦手だけど。いいこと、あなたも書いてね。今度再会したときに思い出が途切れていないように。

海に出てはじめての試練がきょうやってきた。船がゆれるたび、人びとは激しく嘔吐した。

真っ黒な顔がぼくのまわりにひしめき合っている。「これでキューバ人に間違われることはないな」と一人の男が冗談を言った。キューバ人のなかにも色の黒い連中はいるのに。前に一度キューバ人と一緒に難民船に乗ったことがある、とその男。バハマ近くの小さな島で彼らは乗ってきたらしい。そして、沿岸警備隊に見つかったとき、彼らはマイアミへ連れて行かれ、自分はハイチへ戻されたというのだ。今度こそ、と男は手に政治難民を示す書類を握り締めている。疑われないようにか、彼は足の骨を折っていた。

一人の老女が日射病で倒れた。ぼくは彼女の唇を海水で湿らせてやった。日中の日差しは本当にきつい。逆に夜はとても寒い。鏡がないので、ぼくらは互いに顔を見合わせて体調を気づかっている。

女たちは歌を歌ったり昔話をして、船酔いを和らげてくれようとしている。でも、ぼくはじっと海面を見つめつづける。夜になると、空と海は一つになる。星は大きく近くに見える。その光が水面に写ってキラキラと輝く。ああ、手を伸ばせば届きそうなあの星々が、この旅に役立つパンノキか瓢箪(ひょうたん)であればいいのに。

「ああわが麗しのハイチ、おまえほどいい場所はほかにない。でもおまえのよさを知る前に、わたしはおまえのもとを離れてしまった」そうみんなで歌うと、女たちはよく泣いた。ときには、ぼくも途中で泣きそうになる。そんなとき、ぼくは涙を隠すために船に酔ったふりをして歌うのをやめる。

このつらさはきっと君にはわからないだろう。厳しいお父さんとやさしいお母さんのそばでずっと育ってきた君には。いや、馬鹿にしているんじゃない。羨ましいんだよ。もしぼくが女だったら、家で静かにしていただろう。きっと政治になんか手を出してなかっただろうし、もちろんこんなことにもならなかっただろう。こんなに長い間海のうえにいると、身体中が魚臭くてたまらなくなる。息がつまりそうだ。人びとの体臭もたまらない。あのセリアンヌという身ごもった少女には、きっと耐えがたいことだろう。ずっとおなかをさすりながら、いつもぼんやり空を見上げている。

ぼくはセリアンヌが何か食べるのをまだ見たことがない。ときどき女が彼女にパンをやろうとするが、手に取るだけで食べようとはしない。空腹に耐えられなくなったら、子どもを産もうとしているかのようだ。

ある晩、彼女が悲鳴をあげた。陣痛でも始まったのかと思ったが、じつはそうではなかった。船が浸水しはじめたのだ。ちょうど彼女が寝ていたところに、大きなひび割れができていた。船長はぼくらを脇に寄せ、コールタールでひびを埋めるのに必死だった。みんな口ぐちに大丈夫かどうか尋ねた。早く沿岸警備隊が見つけてくれさえすれば、と船長は言った。

それからというもの、心配で寝られやしない。気がつくと、みんなコールタールを見つめている。一晩中ずっとだ。ああ、いつまでもってくれるやら。

じつはあなたのテープが父さんに見つかってしまったの。そりゃもうひどい剣幕で父さんはわたしを叱った。ガソリンの販売が解禁にならないからイライラしてるのよ。早くここを逃げ出したいのに。アメリカの工場も全部閉鎖になった。父さんはテープのことでわたしを責めつづけた。このわがままな淫乱娘めって。わたしは淫乱なんかじゃないって言い返した。でも、父さんにはそんなことどうでもよかったの。わたしを親不孝だと言って、壁に押しつけて顔に唾まで吐いたのよ。そのとき思った、マクートにでも殺されればいいのにって。撃たれればいいって。父さんがあなたのことを悪く言うのを聞いて、わたしは気が狂ったように叫び出した。父さんのせいよ。父さんが悪いんだわ。わたしたちは父さんのせいで離れ離れになったのよ。この人でなし！　つい、そう口走ってしまったの。すると父さんはわたしを思い切りひっぱたいた。母さんが止めてくれるまで、ずっとたたきつづけた。ああ、こんなことなら、いっその

こと兵士の弾に当たって死んでしまいたい。

❖

いまのところコールタールはもっているようだ。あれから二日たったが、浸水はない。そう、ぼくもついにアフリカ人になった。君の親父さんよりも黒くなったよ。一人の女から麦藁帽を二グルドで買おうとしたけど、断られてしまった。こんな海のうえでお金なんていったい何の役に立つっていうんだい、ってね。つい海のうえにいることを忘れてしまってたんだ。そのうち、散歩に出ようとして海に落っこちたりして。

この前の夜、ぼくは死んで天国に行く夢を見た。でも思っていた天国とはまるでちがっていた。そこは海の底だった。海星（ヒトデ）や人魚がぼくを取り巻いている。人魚たちは踊りながら、まるでミサのときの司祭のようにラテン語の歌を歌っていた。そしてそこには君もいた。そう、海の底に。君の家族も一緒だった。親父さんは偉そうにして、君の姿がぼくに見えないように立ちふさがっていた。君に話しかけようと必死に叫んでも、口からは泡しか出てこない。声が出ないんだ。

やつらの行為はますますエスカレートしてきてる。家に押し入って母親と息子を見つけると、銃を頭に突きつけて「寝ろ」って命令する。父親と娘でも同じことをさせる。だから、ときどき父さんとプレシオおじさんは交替で互いの家で泊まったりしてた。そうすれば、たとえ万が一のことがあっても、父さんはわたしと寝ることだけは避けられるから。もちろんプレシオおじさんともそんなことはしたくないけど、実の父親よりはまだ救われるでしょ。そんなことをするくらいなら死んだほうがましだ、と父さんは言ってた。ガソリンは相変わらずまだ手に入らない。ガソリンさえあったら、いま頃はもうビルロゼの町にいるはずなのに。でも、父さんの知り合いが兵士からガソリンを横流ししてもらえるかもしれないって言ってきたの。そうなれば、すぐにここを出て、文明のある場所へと逃れられる。文明、父さんの口癖よ。郊外はまだましだって、父さんは言ってる。あれ以来、父さんとはまだ口をきいていない。これからもきくつもりはないわ。母さんは父さんが悪いんじゃない、父さんはわたしたちを守ろうとしてくれてるって言うけど、そんなの無理。わたしたちを守れるのは神さまだけ。兵士たちはやりたい放題。きっと父さんは無力感に打ちひしがれてるにちがいない。何もできない自分に腹が立つのよ、きっと。だからって、わたしに八つ当たりしなくてもいいのに。あんなブタ兵士たちとはちがうんだから。ところで、母さんはあなたがどうなったか心配してるわ。あなたのご両親とも会ったそうよ。口を重く閉ざしたまま、郊外へ出て行ったって。軍が放送局を襲撃したあと、あなたが難民船でハイチを脱出したことを母さんに話した。あてもなく彷徨(さまよ)う小船に運命をゆだねたって。母さん言ってた、あの子はきっと立派になる、頭もいいからみんなより一年早く大学に入るんだろうね、って。母さんは志を持った人が好きだから。母さんが言うには、父さんがあなたにわたしをやりたくないのは、いま以上にわたしを幸せにしてくれそうもないからだそうよ。父さんはそんな人が望みなの。生活をもっと豊かにしてくれる人。でも、いまどき女は器量がいいだけじゃだめ。もっと社会のことに首を突っ込まなきゃ。父さんが求めている男の人なんて、わたしにはどうでもいい。信じるべきはほんの小さな愛だと母さんは言う。一雫の水も集まれば洪水にだってなるって。いまはまだ手を取り合うすべはないけど、きっとそのうちにそうなるよう、わたしの教養を生かせって言うの。母さんは教育は他人のためである前に自分のためにあるべきだと信じてるのよ。たぶん来週には大学の合格者がラジオで発表されるはずだわ。あなたは通っているかしら。どうか、あなたの名前が流れますように。

きのうは一日中昔話をして過ごした。話し手が「クリック？」と聞くと、みんなは「クラック！」と答えるんだ。そして、話が始まる。誰もが、結局は自分に語りかけるように話す。ときどき陸より長く海にいるような気分になる。太陽は昇っては沈んでいく。毎日がその繰り返し。ひょっとすると、この船はぼくらの先祖の故郷アフリカに向かっているのかもしれない。先祖の魂の眠る場所ギニンへと。でも、きっとまだ早いといって追い返されるだろうね。誰かが持ち込んだラジオでバハマからの放送を聞くこともある。女の一人が言うには、バハマではハイチ人は犬のように扱われるそうだ。人間として見てはもらえないらしい。音楽も人種もほとんど同じなのに。ましてや、祖国は同じアフリカだというのにね。

ところで、船のうえではどうやって用を足すと思う？　かつてここを通った奴隷船でも、きっと同じことが行われていたんだと思う。船の隅っこにそれ用の場所があって、小便がしたくなるとそこに行って、手すりにつかまりながら急いでやるんだ。大きいほうは紙か何かを敷いて、そのうえにしゃがんでやる。そして、終わったら海に捨てる。いつも匂いが気になって恥ずかしい思いをする。大勢の人の目の前でこんなことをするのは、本当にみじめなものだ。

みんな見ないようにしてくれるけど、いつもそうとは限らない。本当に陸なんてあるんだろうかと絶望的な気持ちにもなる。海は果てしない。まるで君へのぼくの愛のように。

❖

ゆうべ、兵士たちがロジェおばさんの家へやってきた。おばさんの叫び声が聞こえると、すぐに父さんは家に逃げ込んだ。どうやらやつらはおばさんの息子を探しているようだった。おばさんは叫んだ。あの子を殺したのはお前たちだろ。頭はもう埋めたよ。なのにまた殺すというのかい？　そんな声をかき消すように兵士が叫んだ。お前もあのラジオ局の青年同盟の仲間なのか？　わたしがそんなに若く見えるかい？　おばさんは言い返した。お前の息子は他にどんな組織に入っていた？　兵士がすごんだ。父さんの指示で、わたしたちは裏の便所へこっそりと移った。そこからは隣の物音がよく聞こえた。わたしは便所の匂いに息をつめながら様子をうかがった。なおも兵士は叫びつづけていた。お前の息子は青年同盟の一員だったな？　ラジオで警察の悪口を言ってなかったか？　警察は出ていけ、などというスローガンを掲げてなかったか？　集会には出てたのか？　やつはデモをしやがった。お前の躾が悪いからだ。すると、おばさんは外に飛び出して叫んだ。お前たちの母親が地獄に落ちればいい！　息子はお前たちに殺されたんだ！　今度はわたしかい？　ああ、かまわないとも。わたしはもう死んだも同然だからね。命よりも大切なものを奪われたんだから。それでもなお、兵士たちはロジェおばさんに大声で怒号を浴びせかけた。お前の息子は反政府主義者か？　仲間の名前は？　堪え切れなくなって、おばさんはついに口を開いた。そうさ、そのとおりさ。息子は青年同盟のメンバーで、ラジオにも出てたよ。デモにだって参加してた。それもこれも、お前たちのような犯罪者が許せなかったからさ。この人殺し！　それを聞いた兵士たちは、いっせいに彼女を銃で殴りはじめた。銃が頭に降り下ろされる鈍い音が聞こえた。身体中の骨を砕いているような音が続いた。母さんはあわてて父さんにささやいた。このまま黙って放っておくの？　思わず外へ飛び出そうとする母さんの首根っこをつかんで、父さんは壁に押しつけた。明日になればビルロゼに逃げられるんだぞ。お前はそれを台無しにするのか、ええ？　いま出たら殺されるに決まってる。死人を増やすだけだ。すると、すかさず母さんが叫んだ。ロジェはまだ死んじゃいないのよ。助けてあげなければ。でも、父さんは首を振るばかり。母さんは壁に顔をうずめて泣いた。ロジェおばさんの叫び声と兵士たちが彼女を殴る音がしばらく続き、やがて静かになった。母さんは泣きながら父さんに言った。あいつらがそんなに恐いの！　すると、父さんは開き直って言った。ああ、そうとも！　恐いさ！　いまはやつらが法律なんだ。権力なんだ。おれたちはただ善良な市民のふりをしなければならないんだ。この国はずっとそうだったし、いまもそうなんだ。おれたちにはどうすることもできないんだよ！

❖

セリアンヌのうめき声が夜通し聞こえる。もう産まれてもいい頃なのに、この赤ん坊はよほど頑固者らしい。と突然、「出血している」と彼女が叫んだ。何度も出産を経験した様子の歳上の女が、落ち着いて彼女をなだめる。セリアンヌは破水したのだ。

生まれたての赤ん坊と言えば、ぼくはネズミくらいしか見たことがない。薄いベールのような肌のしたに血液や内臓が透けて見えた。ぼくはよく指を突っ込んでみたくなったものだ。

ぼくはセリアンヌの血やなかのものを見たくなかったので、船の反対側に移動した。ほかの連中はのぞき込んでいた。船長がその歳上の女に、セリアンヌを静かにさせるように言った。彼女が暴れるたびに、船にひびが入ったからだ。コールタールを詰めたところはもう三ヵ所にもなる。いつか重みに耐えかねて船が沈みそうになったとき、誰かが海に投げ込まれるかと思うとぞっとする。それが誰かを決めるときは、みんなけだものに変わることだろう。きっと、ぼくも。

もうすぐ日が沈む。誰かが寂しげに言った、この子が生まれても食いぶちが一人増えるだけだ。すると老女が大きな声で言った。「でも母親のお乳だけはあるさ」まもなく全員の食料が底をつく。

大統領が帰ってくるという噂が流れた。大勢の人びとが空港に迎えに出てる。それが本当でも嘘でも、父さんはポルトープランスにはとどまれないと言うの。ガソリンもやっと解禁になって、気の早い人たちはもうお祭騒ぎ。でも、わたしたちはビルロゼへと向かった。これできっとぐっすり眠れるでしょうね。母さんは、大統領が戻ってきてもハイチはよくならないと言う。みんな期待のし過ぎだって。過度の期待はときに命取りになる。どんなことでも信じてしまうから。キリストの復活さえも。母さんが父さんにあなたが船でハイチを出たことを話した。けさ出発の前に、父さんはわたしたちにすまないと謝った。もっとしっかりしていればって。でも、あんな情況じゃ無理もないと思う。とにかく生きつづけることだけを考えたのだから。裏庭の便所を出てからは、だれも一言も口をきかなかった。途中、犬が死体をなめているのが見えた。そのうちの一体はまだ小さな子どもで、開いたままの目が陽の光にキラキラと輝

いていた。別のところでは、一人の兵士が女を家の外に連れ出すのが見えた。「この魔女め」とののしりながら、兵士は女の髪の毛を剃り落とした。むろん、わたしたちは止まろうともしなかった。ロジェおばさんがどうなったか、もはや知るすべはない。兵士がまだいるかもしれない。父さんは死ぬかと思うほど車を飛ばした。道端の露店で、はじめて車は止まった。母さんは黒い布を買って二つに切ってから、自分とわたしの頭に巻いた。ロジェおばさんへの追悼だった。向こうでの暮らしになれたら、あなたのためにまた蝶の絵を描くわ。いい知らせを運んでくれるといいのだけれど。

❖

セリアンヌに女の赤ん坊が生まれた。赤ん坊を取り上げた女がその子を月に向かってかかげ上げ、祈りを唱えた。ああ、あなたが恵んでくださったこの子にどうか幸多からんことを。しかし、赤ん坊は産声を上げなかった。

いよいよ船が浸水しはじめた。ぼくらは余分な荷物を海へ捨てねばならなくなった。手持ちの二グルドは、水の神アグウェに供えるために海に投げ込んだ。きのう、船長が誰かと小声で病気の人間をどうにかしなければならないと話しているのを聞いた。そのうちぼくのこのノートまでも捨てろと言われるかもしれない。服すら脱がなければならない状況なのだから。

セリアンヌの赤ん坊は美しい子だった。みんなはスイスと呼んでいた。へその緒を切ったナイフにたまたまそう書いてあったからだ。ぼくなら太陽とか月とか星とか呼んだだろう。このところ、セリアンヌがどうやって妊娠したかという話で持ちきりになっている。妻子ある男と不倫して親に追い出されたという噂だ。どこでも噂というのはあっという間に広まる。君はぼくらの夢を覚えているかい、大学の試験に通って、とことん学問をきわめるというあの馬鹿げた夢を？　君の親父さんはぼくのことを認めてはくれないだろうけど。でも、誰も君へのぼくの思いを断ち切ることはできない。ぼくへの手紙は書きつづけてほしい。ああ、船のなかは悪臭が漂っている。誰もが気が立っていて、口喧嘩も増えてきた。「おまえみたいなやつと乗り合わせなければならないなんて、おれはなんて運が悪いんだ」ってね。でも、考えたら馬鹿な話さ。どんなにいがみ合っても、所詮は同じ海の藻屑と消えるんだから。

歯のない男が一人、ぼくのノートをのぞき込んできた。男はしばらく火をつけていないパイプをくわえている。その姿はまるで絵のようだった。ここには絵になる素材がわんさとある。それにしても、ぼくはやっぱりハイチを逃げ出した臆病者なのかもしれない。ぼくの両親はいったいどうなっただろう？　最後に会ったのは浜辺だった。お袋が気を失って砂浜に倒れ込むのが見えた。あれっきりさ。その後、どうしているのやら。
とうとう浸水が激しくなってきた。ぼくらは交替で水を必死に外にかき出した。まだスイスは泣き声を上げない。どんなに背中をたたいても、泣かないのだ。

❖

大統領が帰ってくるというのはやっぱり嘘だった。空港に迎えに出た人びとはみんな撃たれたり逮捕されたりした。ラジオでそう言っていた。夕食のとき、わたしは父さんにあなたのことを愛してると言った。だからって、どうなるわけでもないけど。ただわかってほしかった。わたしが家族以外にこんなに愛した人がいることを。わたしにも人が愛せるんだってことをわかってほしかった。父さんはわたしをじっと見つめて、何も言わなかった。もしあなたの身に何かあったら髪の毛の先まで震え上がってしまうほど、わたしはあなたを愛していると言った。父さんは恨めしそうにわたしから顔を背けた。いまわたしは新しい家の庭のバニヤンの木のしたでこの手紙を書いている。部屋はたったの二つ、トタン屋根の小さな家。雨が強く降ると、まるで天の神さまが大声で泣いてるような音がする。近くに小川も流れているけど、溺れるには浅すぎるわ。よく母さんとわたしはバニヤンの木のしたで話をする。きょうは、娘には父親と恋人のどちらかを選ばねばならないときが必ずやってくるという話だった。じつは母さんも父さんとの結婚を家族から反対されたらしい。都会育ちの母さんにビルロゼの田舎の庭師は合わないと言って。母さんは父さんに聞こえないように小声でささやいた。父さんは家のなかからわたしたちのほうをじっと睨みつけていた。どうやらわたしたちが一緒にいることが気に入らないらしく、聞こえてるぞとばかりに大きな咳払いを一つした。

❖

セリアンヌは船のへりに頭をもたげて横たわっている。相変わらず赤ん坊は泣き声一つ上げない。こんな混乱のなかで、二人は安らかな顔をしている。母親は赤ん坊をしっかりと胸に抱いて放そうとしない。海に捨てることなどできそうもない。ぼくは赤ん坊の父親のことを聞いてみた。彼女は目を閉じたまま、小さな声で話しはじめた。

ある晩、彼女は母親と兄のリオネルと一緒に家にいた。そこへ兵士の一団が乱入してきた。兵士はリオネルの頭に銃を突きつけ、母親と寝ろと命令した。リオネルは抵抗した。しかし、母親は殺されるから言うとおりにするように言った。兄は泣きながら母親にまたがった。兵士たちはニヤニヤ笑いながら、その様子を眺めていた。

そして存分に楽しんだあと、やつらは兄と母親を縛り上げ、代わるがわるセリアンヌをレイプした。そして兄は近親相姦の罪で逮捕された。以来、一度も会っていないという。同じ夜、セリアンヌは剃刀で自分の顔を切り刻んだ。自分がセリアンヌだと誰にもわからないように。顔の傷が消える頃、吐き気が激しくなった。やがて、おなかが大きくなった。難民船のことを聞いて、すぐにハイチを出る決意をしたセリアンヌ。まだ十五才。

❖

バニヤンの木のしたで、きょうもまた母さんと話をした。本当はわたしも捕まるはずだったみたい。あなたと同じ青年同盟のメンバーだという罪で。そのことを父さんがいち早く聞きつけて、やつらに賄賂を渡してくれたの。ポルトープランスの家も土地も、みんなわたしの命と引き替えに消えてしまった。母さんがこっそりと打ち明けてくれた。父さんに何と言って感謝したらいいか。このことだけは絶対に忘れてはならないと母さんはわたしに念を押した。ああ、すべての財産を投げ捨ててまでわたしの命を救ってくれた父さん。今夜、ラジオで大学合格者の名前が流れた。あなたの名前も流れたわ。

船への浸水は少し落ち着いてきた。コールタールはもう底をついたが、これ以上の浸水はなさそうだ。ぼくらはセリアンヌの死んだ赤ん坊を彼女の代わりに海に流してやろうとしたが、彼女は絶対に赤ん坊を放そうとはしなかった。セリアンヌが眠るのを待ったが、彼女は寝ようともしなかった。死んだ赤ん坊が紫色になるとはそれまで知らなかった。赤ん坊は色が黒かったので、唇の紫がとくに際立っていた。まるで夕日が沈んだあとの海の色のようだった。

そのうち、セリアンヌがうとうとしはじめた。かなり疲れているはずだ。ぼくは赤ん坊には触れたくなかった。本当は母親の手で海に葬ってやるのがいちばんなのだから。ぼくがそんな物思いに耽っている間に、みんなは出産のときの汚物を海へ捨てはじめていた。鮫が寄って来はしないだろうかと、ふと思ったりもした。そして、いよいよ赤ん坊を海に捨てようとしたときだった。

⁘

セリアンヌの爪が赤ん坊の背中の肉にしっかりと食い込んで離れないのだ。ちょうどそのとき、あのパイプをくわえた老人が話しかけてきた。「おい、若いの。何を書いてるんだい？」ぼくははっきりと答えた。「ぼくの来来さ」

ビルロゼの生活にもやっと慣れてきた。ここには蝶がいっぱいいる。でも、まだ一匹もわたしにはとまっていない。ということは、何の知らせも届いてないということになるわね。近くの小川の水はとても冷たくて、沐浴できるのはお昼だけ。でも、みんなにじろじろ見られるので恥ずかしい。そこで考えたの。朝タライに小川の水を汲んでおいて、昼の太陽で温め、夜こっそりバニヤンの木のしたで入ることを。わたしにとってバニヤンの木陰はかけがえのない場所になった。バニヤンの木は何百年も生きるんですって。枝でさえも幹のような太さで、数本も集まれば森のようになると母さんが言ってた。木のしたからは山が見える。あの山の向こうにはまた山があるのね。あの大きな岩の固まりのような山やまが、わたしからあなたをますます遠ざける。

❖

ついにセリアンヌはその子を海へと投げ込んだ。彼女は顔を強張らせながら赤ん坊を海面へと放した。死骸は水しぶきをあげて海面に落ち、しばらく浮いたあと、水中に沈んでいった。

そのときだった。突然、セリアンヌが海へ身を投げたのだ。二つの頭は波にもまれてすぐに見えなくなった。あっと言う間だった。助ける暇などなかった。船のしたには容赦ない鮫が群れをなしていた。

みんなはぼくにこのノートを捨てろと言う。あの老人も帽子とあのパイプを捨てるように言われている。ふたたび浸水が始まったのだ。ぼくは今書いているこの最後のページを書いたら捨てると約束した。これでもう君がこのノートを読むことは絶対にないだろうけど、おかげで君に話しているような気持ちになれてよかった。

ぼくの両親には生きていてほしい。もし会うことがあったら、ぼくがどうなったか伝えてほしいとあの老人に頼んだ。老人は自分の名前をノートに書いてくれと言った。彼の名はジステン・モイズ・アンドレ・ノズィス・ジョゼフ・フランク・オズナック・マキシミリアン。彼はその長い名前をまるで王様のように自慢した。「沿岸警備隊は必ずやってくる。その夢を見た」と老人は言った。彼は遠くの海を指差した。ぼくはその方角に目をやったが、何も見えなかった。たとえ見えたとしても、砂漠の蜃気楼のようにしか見えないだろう。

いよいよノートを捨てるときがやってきた。まもなくこのノートは彼らのもとへと届くだろう。セリアンヌと赤ん坊、そして海に消えた数多くの子どもたちのもとへ。

もうすぐぼくも行くことになるだろう。それがぼくの宿命なのかもしれない。この青く深い海の底には、奴隷の鎖から解き放たれ血塗られた地上から逃れた子どもたちが安らかに眠っているのだ。

きっとぼくは水の神アグウェと暮らすことになる宿命だったのだろう。あの海星(ヒトデ)と人魚の夢はその前ぶれだったのだろうか。でも、心配しないで。君の思い出は、海に眠る子どもとなったぼくと一緒に、いつまでもいつまでも生きつづけるのだから。

❖

きょう、わたしは父さんにお礼を言った。命を助けてくれたことに。父さんは黙ってわたしの肩に軽く触れただけだった。ちょうどそのとき、真っ黒な蝶が飛んできた。わたしはとまれないように逃げ回った。結局、それは死の知らせだった。きっとだれかが死んだのね。

❖

今夜、いつものようにバニヤンの木のしたでラジオを聴いた。ポルトープランスでの虐殺のニュースばかり。あのブタどもはまだ居すわっている。これからどうなるかはわからないけど、いつまでもここでじっとしているわけにはいかない。もちろんこの手紙もバニヤンの木のしたで書いている。母さんによると、バニヤンの木のしたで神さまにお願いすると望みがよく叶うらしい。まわりにはいつも黒い蝶ばかりが飛んでいる。石をぶつけようとしても、素早く飛んで逃げるの。そう言えば、ゆうべラジオでまた難民船が沈んだと言ってた。あなたが波間に漂う姿を想像すると、わたしの身の毛はよだつ。ここからは海も見えない。きっとあの山の向こうにはまた山があって、その先に海が果てしなく広がっているのね。あなたへのわたしの愛のように果てしなく、いつまでもどこまでも。

一九三七年

Nineteen Thirty-Seven

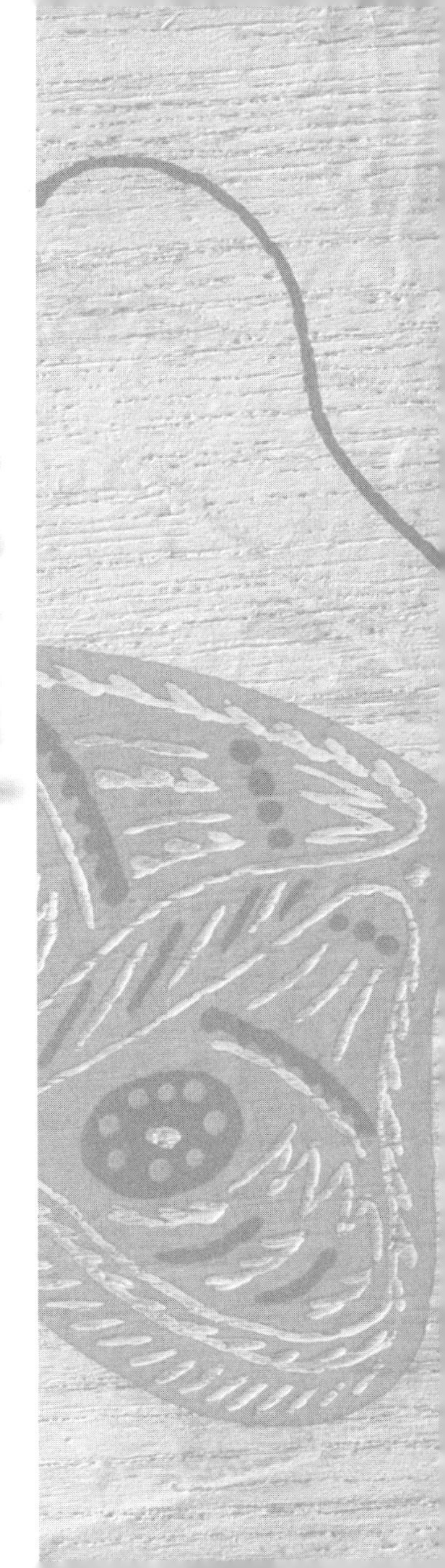

わたしのマリア様が泣いた。小さな涙の粒が、まるで朝露のように彼女の白い陶器の頬を伝って流れ落ちた。母さんの死が頭をよぎった。

❖❖❖

その日、わたしは一日中マリア像ばかり眺めていた。涙はもう流れなかった。夜の帳が下りるまで、わたしは揺り椅子にすわっていた。あのポルトープランスの刑務所に出かけることを思うと身体中がうずいたが、わたしは行って確かめねばならなかった。

ポルトープランスへの道はひどく、角ばった小石が敷かれているだけだった。それでもわたしは裸足で歩くことに決めた。虐殺の川に向かうとき、母さんはいつもそうしていたからだ。虐殺の川、ハイチと隣の国の境にある川を人はそう呼ぶ。隣の国の名前は絶対に口にしないように、母さんからきつく言われてきた。なぜなら、わたしが生まれたその夜にエル・ヘネラリシモとディオス・トルニーニョというその国の指導者が、国境のハイチ人を皆殺しにするように命じたからだ。

ポルトープランスに着いたとき、ちょうど太陽が上りはじめた。最初に会ったのは、蛭のいっぱい入った瓶を持った老婆だった。老婆の目はわたしが抱えているマリア像に釘づけになった。

「ちょいと見せてくれるかい？」　彼女が声をかけてきた。

わたしはその小さな像を差し出した。　わたしの先祖のお婆さんが奴隷だった頃、主人のフランス人にもらったものだそうだ。

老婆は人差し指をふるわせながらマリア像の額を触った。　じっと目をつむり、いとおしそうに触る手が震えていた。

「どこから来なすった？」　そのしわくちゃの顔は神々しくさえあった。　もし母さんがまだ生きていれば、こんなふうだろうか。

「ビルロゼです。画家と詩人とコーヒーの町。黒い砂と白い砂が絶対に混ざることのない浜辺と果てしない畑。ときどきコーンミールのように黄色い牛を見かけるところ」

老婆は蛭に陽が当たらないように、瓶を脇のしたに入れた。

「誰か刑務所にいるのかい？」

「ええ」

「だったら、おいしいものでも買ってってておやりよ」

そう言うと、老婆はわたしの手を引いて豚肉の揚げ物とバナナにそっくりのプランタンを売る少女のところへ連れていった。わたしは母さんへの手土産に豚肉を買い、キャベツを添えてもらった。

その黄色い刑務所の建物は、もとはアメリカ軍の施設だったこともあって、まるで要塞のようだった。アメリカ人が刑務所の造り方をハイチ人に教えたのだ。一九一五年のアメリカ軍によるハイチ侵攻以後、警察は平気で女までも檻のなかに閉じ込めるようになった。母さんもまったく馬鹿げた理由で捕まった。魔女呼ばわりされたのだ。

しんと静まり返った刑務所の庭を、若い監守が案内してくれた。さっき買った豚肉と便所の匂いが入り交じって、危うく吐きそうになる。わたしはしっかりとマリア像を握り、積み上げたブロックのうえに腰を下ろした。母さんが亡霊となって現れる前に、地面にもぐって消えてしまいたいと思いながら、わたしはお尻を思い切りブロックに押しつけた。

囚人たちはまだ寝ていた。そのほうが都合がよかった。切られた髪の毛を手にした骨と皮だけの女たちが、限られた太陽の日差しを仰ぎ嘆く姿を見たくなかったからだ。

母さんは生きていた。前よりもいちだんと瘦せ細ってはいたけれど。顔色は悪く、首のしわもさらに多くなっていた。監守たちは、母さんが夜な夜な皮を脱いでは翌朝また着ていると信じ込んでいた。だから終身刑を言い渡したのだ。母さんが死んだら、悪霊が残らぬように身の周りのものはすべて焼き払われることになっていた。

わたしは母さんに豚肉とプランタンを差し出した。彼女はちらっと見て、すぐに嫌そうに顔をしかめた。それでもいくつか手にとって、前にわたしが買ってあげただぶだぶの白い服のポケットの奥にしまい込んだ。

わたしは黙ったままだった。母さんが捕まった朝以来、一言も話していない。ここに一歩足を踏み入れた途端、なぜか言葉が出なくなるのだ。話そうとしても、口が重くて開かない。母さんはわかってくれるだろうか。

突然、母さんはわたしのマリア像を指差した。わたしはあわててそれを渡した。彼女は微笑んだ。その歯には逮捕のときに殴られた血の跡のようなものがついていた。わたしの顔を見ているときよりマリア像を見ているときのほうが、母さんは幸せそうだった。

それからマリア像の目のしたを丹念にこすって、その指先をなめた。

「マリア様はお泣きになったのかい？」しわがれた声だった。母さんの声は会うたびにひどくなっていた。そのうちわたしのように言葉が出なくなるのではないかとさえ思った。

わたし黙ってうなずいて、指で「一回」と示した。彼女はマリア像を慈しむように抱いたあと、崩れるようにしゃがみこんで泣きだした。

わたしは手を伸ばして、お乳を飲んだ赤ん坊にげっぷをさせるように、母さんの背中をそっとたたいてやった。彼女は監守がやってきて銃を突きつけるまで泣きつづけた。それから顔を上げ、マリア像をしっかりと抱いたまま強張った笑顔を浮かべた。

「ここでの扱いは悪くないよ」母さんはそう言うと、髪の毛のない頭を触つた。毎週、監守が女たちの髪の毛を剃るのだ。そして毎晩寝る前に互いに空缶で水をかけあうことを強要する。魔女に変身した女たちが、背中に生えた炎の羽を燃え上がらせ、真夜中に外に飛んで行っては子どもたちの魂を吸い取ると信じられているからだ。

長い沈黙が続くなか、母さんはポケットから豚肉とプランタンを取り出して食べはじめた。刑務所での食事はパンと水だけだから、こんなに細くなってしまったんだろう。

「おまえの差し入れが何ヵ月ももつことがあるよ。噛んでは唾を飲み込む。それを何度も繰り返すんだ」

そのとき、二、三人の女囚が庭に出てきた。ずっとうつむいたままだ。そのうちの一人が豚肉の匂いを嗅ぎつけ、近寄ってきた。背中には血が流れた跡があり、頭にできたかさぶたをかゆそうに触った。

ここにいる女たちはみな同じ理由で留置されていた。夜、炎に包まれて飛んでいるところを見たと証言されたのだ。信頼していた友人や近所の人までもが、子どもが死んだのはこの女たちのせいだと責め立てた。早く捕まえて、殺してほしいとさえ言ったのだった。

母さんが捕まったあの日のことはよく覚えている。その頃、わたしたちはまだ町に慣れてなくて、知り合いの家の離れに寝泊まりしていた。その家には病気の子どもがいた。その子の母親が看病に疲れているとき、母さんが代わって看ることもあった。

ある朝、目が覚めると母さんの姿がなかった。外が何やら騒がしかった。あわてて飛び出すと、ちょうど母さんが連れ出されるところだった。顔からは血が流れていた。母さんは二人の警官に両脇を抱えられ、引きずり出された。病気だった子の亡骸を抱いた知り合いの母親が茫然とした様子でそのあとから出てきた。警官は人びとが母さんを袋だたきにするのを止めようとはしなかった。

「魔女っ！　人殺しっ！」　人びとは口々に叫んだ。

わたしは表に飛び出して母さんを助けようとしたが、近寄ることさえできなかった。母さんの悲鳴は刑務所に着くまで止むことはなかった。顔は三倍に腫れていた。まるで蛇のように、母さんは刑務所の壁にお腹をすり寄せて移動した。警官はおもむろに母さんの髪の毛を剃りはじめた。わたしはてっきり傷の手当てのためだと思った。ところがそうではなかった。庭に出てきた女たちは全員髪の毛を剃り落とされていた。まるで男のようだった。

そして、いま母さんはしっかりとマリア像を胸に抱いて、未来を探るような目でまっすぐ正面を向いている。あれほど過去を信じていた人なのに。

五才のとき、わたしは母と一緒に虐殺の川に巡礼に出かけた。真っ赤な血が流れている川を想像していたのに、そこの水はどこよりも澄んできれいだった。母さんはわたしの手をつかんで、手首まで水に浸けた。殺された人びとの亡霊にその手を引きずり込まれるのではないかというわたしの不安をよそに、水面にはよく似た二つの顔が仲良く並んでいた。

両手を水に浸けたまま、母さんは太陽に向かって話しかけはじめた。「これはわたしの娘ジョゼフィーヌです。この子がお腹にいるとき、この川のおかげでわたしたちは助けられました。母が犠牲になったこの川のおかげで」

母さんは祖母を助けることのできないまま、エル・ヘネラリシモの兵士から命からがら逃れた。川のハイチ側の岸から、祖母が兵士に殺されて、他の大勢の犠牲者と一緒に川へ投げ入れられるのを目の当たりにしたという。

わたしは幼い頃から何度もこの川を訪れた。同じように母親を失った女性たちを誘って出かけることもあった。

町に引っ越すまでは、毎年一一月の一日に行くのが習わしになっていた。女たちは全員真っ白な服を着た。母さんはわたしの手をしっかりと握って歩いた。結局、わたしたちはみんなこの川の娘なのだ。母たちが命とともに飛び込んだその川底から、わたしたちは生まれた。止むことなく流れつづけた母たちの真っ赤な血は、やがて真っ赤な炎となり、一切の苦しみから娘たちを解放する炎の翼を与えた。そう、この川こそがわたしたちの源だったのだ。

母さんはよくわたしに言った。「わたしの母さんが亡くなったその日、わたしのおなかにおまえが宿ったんだよ。おまえはお婆ちゃんの生まれ代わりなのさ」

❖

刑務所の庭で、母さんは監守と目を合わせないようにしていた。

「マリア様がなぜ泣くのか、いつか教えてやるからね」母さんは静かにそう言った。

わたしは手を伸ばして、母さんの指にできたかさぶたを触った。母さんはマリア像をわたしに返した。

マリア様がどうして泣くのか、わたしにはわかっていた。以前、母さんが何週間も前から仕掛けをしているのを見たことがある。それはマリア像の目のしたのくぼみにワックスと油を塗り、ワックスが溶けると油が見事な涙となって流れ落ちる仕掛けだった。

「もうお帰り。見送るから」そう言うと、母さんは不自由そうに腰を下ろした。

わたしは母さんの頬にキスをして抱き締めようとしたが、彼女はすぐにわたしから離れた。

「また来ておくれよ」

わたしはうなずいた。

「おまえが気持ちよく飛べるように。そして、わたしも」母さんは最後にそう言った。

涙がこぼれ落ちそうになるのをやっとこらえて、わたしは小走りに刑務所の庭を出た。こんな涙を今までいったいどれだけ流しただろうか。

それからしばらくして、また母さんを訪ねた。母さんはひどい咳をしていた。陽の当たった庭の隅で震えるたびに、母さんはマリア像をギュッと握りしめた。
「お日さまはもう神の子の一人すら温めることができないのかねえ？　いったいこの世はどうなっちまうんだろう？」哀れなつぶやきだった。
わたしは母さんの身体を抱いて温めてあげたかった。でも嫌がるとわかっていたので、やめた。

「ここに来てからわたしの身体がどうなったか、それは神さまだけが知つていなさる。結核かもしれないし、内臓を虫が食っているかもしれない。もうそう長くはないだろうよ」

❖

次の面会の日がやってきた。わたしは今度こそ話しかけようと心に決めた。たとえ意味のない会話でも、何かを話そうと。ところが、刑務所に着くと母さんは泣いていた。わたしはマリア像を差し出したが、その日は受け取ろうとしなかった。近くでは監守がこちらを睨みつけていた。高熱のためか、母さんの身体は震え、その目はもはや正常の人のものではなかった。

「わたしが死んだら、マリア様はおまえにあげる。わたしがいなくなったら、誰かがわたしの代わりになって、おまえを慰めてくれるだろう。でも、もしそんな人が現れなかったら、このマリア様をいつも身に付けておくんだよ、いいかい？」母さんはしっかりした口調で言った。

「母さん、ほんとに空を飛んだの？」思い切って、わたしは聞いてみた。

彼女は表情ひとつ変えなかった。

「おや、やっと声が聞けたね。おまえは覚えてないのかい？　あの川へ一緒に行った女たちはみな月にだって飛んで行けるんだよ」

それからちょうど一週間後の真夜中のことだった。ポルトープランスへ行く途中だという女が家に立ち寄った。老婆は虐殺の川への巡礼のときに着る白い服を着ていた。

「シスター、おまえさんに会いに来たんじゃ」戸口で老婆は言った。

わたしはすぐに答えた。「でも、わたしは存知あげません」

すると、「いや、知っているはずじゃ。わしはジャクリーヌ。昔、一緒に川へ行ったことのあるもんじゃ」

たしかに同じ名前の女性が一人いたような記憶はあるが、その老婆がその人かどうかはわからなかった。もしそうなら、あのときみんなで川面に両手を浸し、太陽に向かって、姉妹の契りを結ぶ言葉を互いに唱えていたことを覚えているはずだ。

「本当にあのジャクリーヌさん？」わたしは尋ねた。

「ああ、わしはあの川から生まれたんじゃ。母たちの血が流れるあの川から」彼女は答えた。

「これからどこへ？」

「朝露（あさもや）のなかに」

「あなたはだれ？」

「一番星の最初の娘」

「喉が乾いたら、何を飲むの？」

「マリア様の涙」

「もしお泣きにならなかったら？」

「朝露」

「もし朝露が見つからなかったら？」

「これから降る雨」

「もしそれもなかったら？」

「亀の甲羅にたまった水」

「どうしてここがわかったの？」

「人魚の櫛（くし）が照らしてくれたから」

「あなたのお母さんは？」

「雷、稲妻、空高く舞い上がるものすべて」

「あなたはいったいだれ？」

「母の命の炎と火花」

「いったいどこから来たの？」

「あの川の底さ」

「地名は？」

「おまえが話しているのは、わたしの母じゃ。どこに行こうと何をしようと、いつも影のようにまとわりついている。だが、わしから母を奪ったあの地名は死んでも口にはできない」

この老婆がジャクリーヌであることはまちがいなかった。答えがすべて正しかったからだ。

「これでわしが誰か、わかったじゃろう。こっちはおまえをよく知っているよ、ジョゼフィーヌ。おまえの母さんはマリア様に涙を流させることができる」そう言って、老婆はわたしの瞳の奥をのぞき込んだ。

わたしはジャクリーヌを家のなかに招き入れた。そして揺り椅子に腰かけせ、固いパンと冷えたコーヒーでもてなした。

「シスター、こんな役は引き受けたくはなかったんじゃが……、じつはおまえの母さんが危篤なんじゃ。今頃はもう亡くなっておるかもしれん。いずれにしても、わしが向こうに着くまではもたんじゃろう。あの人の血がわしを呼んでいる。どうじゃ、おまえもわしと一緒に行かんか？」

ポルトープランスまではほとんどラバを使った。身体の弱っているジャクリーヌには、長い道程を歩くことなどとうていできなかったからだ。わたしはマリア像を、ジャクリーヌは黒い布が入った小さな包みをそれぞれ抱えていた。

町に着くと、すぐに刑務所へと向かった。ジャクリーヌが母さんの名前を監守に告げ、様子をうかがった。

「遺体はきょうの午後に焼かれる予定だ」と監守が言った。

全身の血が凍り、わたしはその場に力なく崩れ込んだ。

「なあに、そう驚くことでもない」そう言って、ジャクリーヌは肩をすぼめた。まるで予言が的中したことで、元気を取り戻したかのようだった。

「あの人の監房に案内してくれないかい？　身の周りのものを持って帰りたいんでね」とジャクリーヌは監守に頼んだ。

監守はよっぽど面倒臭かったのか、それともじゅうぶんに親孝行をできぬうちに亡くした母親を思い出したのか、すんなりと案内してくれた。

彼のあとについてしばらく行くと、母さんの監房に着いた。ジャクリーヌが先に入り、そのあとにわたしが続いた。なかはじめじめしていて、足元は泥でぬかるんでいた。

わたしは息がつまりそうになるのをこらえて、大きく深呼吸した。ジャクリーヌは黙って、銅像のように突っ立ったほかの囚人たちの間を慎重に歩いた。そこには女が六人いた。まるで羽でも隠すかのように、みな一様に手を後に組んでいた。監房の真ん中には小石を並べて描いた十字架があった。母さんのためだろうか。でも、全員が母さんのものを何か身に付けるか、手に持つかしていた。

ある女はわたしのマリア像を見て、持っていた枕をぎゅっと握り締めた。彼女は母さんの服を着ていた。痩せ細った母さんには大き過ぎたあの白い服だった。

わたしはその女に近寄って尋ねた。「何があったんですか?」

「庭に引きずり出されて、殴り殺されたんだ」女は小声で答えた。

「犬畜生みたいにさ」別の女が吐き捨てるように言った。

「度膚がひどくたるんでてね、この刑務所じゃ手に負えないからって」母さんの服を着たさっきの女が続けた。

その女は服のポケットに手を突っ込んで嚙みかけの豚肉をつまんで、わたしに渡そうとした。

「いえ、けっこうです」わたしはあわてて断った。

すると、彼女は枕を渡してくれた。母さんの枕だ。なかには母さんの髪の毛が詰められていた。頭を刈られるたびに、このなかに入れていたんだろう。わたしは思わず枕を抱き締めた。母さんの匂いがした。

ジャクリーヌは持ってきた包みのなかから黒い布を取り出し、腰に巻いた。

そして、言った。「シスター、命というものは決してなくなりはしないんじゃ。必ず誰かがその命を受けて生まれ代わってくる。さあ、お母さんの最期を見ておやり」

「なんのために？」わたしは聞いた。

「やつらはこの女たちに来るように言うだろう。わしらもついて行こう」

そう言ってわたしの手を取ったジャクリーヌの手はやわらかく温かかった。一瞬、目の前が真っ黒になった。が、やがて、前に川で見たあの真っ赤な炎がたしかに見えたような気がした。

「行きます。ほんとに女が飛べるかどうかを確かめるために」

「どうして母さんが生きているうちに聞いておかなかったんだい？」ジャクリーヌは言った。

いや、じつは母さんはよくその話をしていた。一九三七年、虐殺の川で、母さんは確かに飛んだのだ。わたしをおなかに宿したまま、母さんは口にするのもおぞましいあのドミニカ側の土手から川へ飛び込み、ハイチ側の土手へと逃れたのだ。殺された人びとの血で真っ赤に染まった川から這い出た母さんの身体は全身、まるでめらめらと燃える炎のようだった。

わたしはマリア像をしっかりと胸に抱き締めた。母さんの香りを追い求めていたのかもしれない。わたしはジャクリーヌと一緒に庭に出て、母さんが焼かれるのを待った。そして太陽を見上げ、ふと思った。いつかまた母さんに会えるかもしれない。

それから、わたしはジャクリーヌに言った。「母さんが気持ちよく飛べますように。そして、わたしとあなたも」

火柱

A Wall of Fire Rising

「おい、きょう何があったかわかるか？」おんぼろ小屋の戸をきしませて入ってくるなり、ギーが言った。

妻のリリは、たった一間の小屋の真ん中にしゃがんでバナナの葉に夕食のコーンミールを盛りつけていた。

「なあ、ちょっと聞いてくれよ！」とギーが話を続けようとしたとき、部屋の隅から七才になる息子が駆け寄ってきて、父親の手をつかんだ。そのあまりの勢いに手に持っていた作文ノートは土間に落ち、息子はもう少しで夕食のコーンミールを踏んづけるところだった。

「この子、芝居に出るのよ」リリは息子よりも先に、急いで自慢げに言った。

「芝居？」そう言うと、ギーは息子の頭をうれしそうに撫でた。

その髪の毛は、いくら櫛でといても決して一つには束ねられないほどの細かい巻き毛だった。小学校の同級生たちは、その頭をコショウ頭と呼んでいた。

「で、いつだい、それは？　新しい服を買わなくてもいいのか？」ギーは聞いた。リリは土間から立ち上がると、頬を突き出して夫からのキスを待った。

「それで、いったいどんな役なんだ？」　ギーは相変わらず息子の頭を撫でながら聞いた。少年の巻き毛にギーの爪が当たって、プチプチと小さな音を立てていた。やがて、指が少年の耳の穴をくすぐると、少年はしゃっくりが出そうになるほど笑い転げた。

「なあ、どんな役なんだい？」　耳の穴から指を抜くと、ギーはまた少年に聞いた。

「あのヒーローのブークマンだよ」　笑いに身をよじらせながら、少年は吹き出すように言った。

「父さんにセリフをちょっと聞かせておやりよ。なんたって、主役なんだからね」　リリは二個のブロックのうえにベニヤ板を渡しただけの粗末なテーブルを、部屋の真ん中に用意しながら言った。

少年は、さっきまで宿題をしていた部屋の隅から分厚い茶色の本を大事そうに抱えてきた。

「それ全部やるには、一生かかるぜ」　そう言って本を手に取ると、ギーはペラペラとページをめくりはじめた。今にも消えそうな古い灯油ランプの灯りのしたで、ギーは食い入るようにのぞき込んで言った。

「どれも長くて難しいセリフばかりだ。本当にやれるのか？」

「できますとも。四〇ページ目のあのセリフはどう？」　リリが代わりに答えた。

少年は父親から本を返してもらうと、自信満々の顔で四〇ページ目を開いた。

「ブークマン……か」奴隷反乱の指導者を意味するその言葉に、少しとまどったようにギーがつぶやいた。「やっぱり、かなり難しいセリフが多いぞ」

「この子、もう全部覚えたから大丈夫よ」リリが言った。

「ほんとかい?」ギーは驚いた顔をした。

「ほんとだとも。今日の午後、ずっと練習してたんだからねえ。さあ、早く父さんに聞かせておやりよ」リリは少年を急かした。

すると少年は天井を向いて、セリフを暗唱する体勢に入った。

リリもまた薄汚れたエプロンで手を拭いて聞く準備をした。

「さあ、わかってるね。おまえは革命のリーダーなんだよ。そう、奴隷反乱のね」とリリ。

「おいおい、全部やらせるのか?」と不安げなギー。

「ねえブークマン、何でもいいからいま思いつく言葉を言ってみなよ」なおもリリが急かした。

「夕飯」ギーはそうつぶやくと、恨めしそうに部屋の真ん中に置かれたコーンミールに目をやった。父親と息子は互いに顔を見合わせ、げらげら笑った。

「それ以外の言葉よ」リリも大笑いして言った。

「自由！」突然、少年が叫んだ。

「もっと大きな声で！」とリリ。

「自由って言葉が思いついた！」少年は声を張り上げた。

「おい、早くしてくれよ。この調子じゃ、いつまでたっても例の物にはありつけないぞ」とギーがおどけて見せた。

少年は目を閉じて、ゆっくりと深呼吸した。最初口が開いたが、セリフは出てこなかった。息を止めるようにして、リリが前へと身を乗り出した。とたんに堰を切ったように少年は話しはじめた。

「真っ赤な火柱が立ち、灰の中には人々の骨。いつもの畑のなかのやせ細った黒い顔だけではない。夢のなかに出てくるあの懐かしい顔がお。夜になれば、わたしは、あのたくましい最愛の父の手の最後の愛撫を、いま一度、思い出すのだ」

この本がヨーロッパ人によって書かれたのは明らかだった。ブークマンの本当の良さを台無しにしてしまうような、いかにもヨーロッパ的な表現が鼻についたからだ。でも、息子が立派にセリフを言うのを聞いて、両親はとても満足げだった。狭い小屋のなかは賞賛の言葉があふれ、一人息子の低い声があたかもハイチ独立を果たした先祖の声に重なったような気がして、二人はうれしくなった。言葉では表せない不思議な気持ちだった。背筋がぞくっとするような、今まで以上に息子への愛情を感じずにいられないような、そんな感じだった。「ブラボー！　ブークマン万歳。わが息子万歳」リリはくしゃくしゃの笑みを満面にたたえて、息子の頭をエプロン越しに抱き締めて言った。

「夕飯にも幸あれ！」うれし涙をごまかすかように、ギーがおどけた。

❖

その晩、少年は夕食の間もずっと本から目を離そうとしなかった。いつもならすぐに注意するはずの両親も、その日だけは特別だった。それどころか、コーンミールをすする合間にセリフを口ずさむ息子の姿が誇らしくさえあった。

古いガソリン用のポリ容器にためておいた雨水の残りで、食器の瓢箪をごしごし洗っているときも、まだ少年はぶつぶつつぶやいていた。

本当に食うに困ったときには、リリが特製の甘茶と呼んでいたサトウキビの搾り粕を煮た粗末なお茶を飲んでしのいだ。それがおなかのガスを抑え、貧しい子どもを空腹にする回虫を殺すと考えられていたからだ。舌の裏に塩の塊を入れて、その特製茶を飲んでいれば、ギーが日雇いの仕事にありつき、リリがツケで調味料を買えるようになるまで何とか持ちこたえることができた。

その日の晩は、とにかく、家族全員が腹一杯になるまで食べることができた。腹の虫も鳴りをひそめていた。

少年は小屋の軒先にプラスチックのバケツをひっくり返してすわっていた。そして、街灯の明かりのしたで夢中になって本のページをめくった。ランプの灯油が切れると、少年は近所の子どもたちと同じようにいつもこうするのだった。今夜はまだかろうじて灯油は残ってはいたけれど。

ギーは地面にかがんで、小さな木に生えている古いキノコをしげしげとながめていた。ガソリン容器のなかの水の最後の一滴を大事そうにキノコにかけたとき、水が近くにいた少年の足の指にかかった。今の少年の足には、そのサンダルは小さ過ぎた。

ギーは木からはみ出して干からびているキノコをいくつか摘み取ろうとしていた。そして、そのうちの一つをそっと摘み取ると、妻の髪の毛に挿してやった。

リリの頭のうえで、キノコが干からびた虫のように見えた。

「とびきりの美人に見えるぞ」ギーがからかった。

「あらまあ、うれしいこと。バラよりこっちのほうがよく似合うんでしょうよ」リリはそう言って、夫の腕をぴしゃりとたたいた。

それから、ギーはリリの手を取って言った。「今からサトウキビ工場へ行ってみるか」

「そこでも練習していいの？」少年は尋ねた。

「もうじゅうぶん覚えたろ」とギー。

「何べんでもやらなきゃ」少年は言った。

スラム街の深いぬかるみに足を取られるたびに、足元がギュッギュッと音を立てた。サトウキビ工場の近くには、スラムの住民が毎日八時のニュースを見られるようにと政府が据え付けた大きなテレビスクリーンがあった。ニュースが終わると、憲兵がやってきて、テレビのスイッチを消して鍵をかけて帰っていった。憲兵が帰ったあとも、人びとはなかなかそこを離れず、何も映っていないスクリーンの前で話しつづけた。枯れ枝やトウモロコシのくずや紙切れを集めてたき火をし、ひそひそとお上の悪口を言うのだった。

その晩も、もう人びとはスクリーンの前に集まっていた。彼らは椅子やバケツのうえにおのおのすわって、待っていた。リリとギーは、まるで悪い物を見せたくないかのように息子の頭を抱えるようにして、足早にその前を通り過ぎた。その場の雰囲気は決していいとは言えなかったからだ。実際、このところ足が通のいていたのだった。

サトウキビ工場の経営者が、変わり者のアラブ人かレバノン系ハイチ人、それかパレスチナ系ハイチ人のいずれかであるのは誰もが知っていた。ここの工場の経営者のアサド一家には一人息子がいて、それがまた人一倍変わっていた。そいつの最近の興味は熱気球で、わざわざアメリカから取り寄せた代物を、なぜかスラムのうえで飛ばして喜んでいる始末だ。

近づくと、フェンスの向こうに大きな編みかごとしぼんだ気球が見えた。ギーは妻と息子から手を離した。

リリは、息子とあとからゆっくりとついていった。ここ数週間、気球に近づくたび、ギーは我を忘れる感じだった。有刺鉄線にしがみついて気球を眺める姿には、何とかしてあのかごに乗って虹の模様の気球を空高く飛ばしてみたいというあこがれがにじみ出ていた。昼間フェンスに鍵がかかっていないときは、まるできれいな女の子でも見るようなまなざしでうっとりと気球に見入っていることが多かった。

リリと少年は、ギーがフェンスの間から必死に手を突っ込もうとしているのを遠目に見ていた。すると、ギーはポケットから小型ナイフを取り出し、フェンスの針金で研ぎはじめた。二人が近づくとギーはナイフをポケットにしまい込み、少年の頭を乱暴に撫でて言った。

「おれなら、こいつを飛ばせるぜ」

「どうしてそんなことが言えるのよ?」とリリが尋ねた。

「どうしてもさ」ギーは答えた。

ギーはリリのあとについて、いつものお気に入りの場所まで歩いていった。息子も二人のあとをついていった。ここから見ると、さっきの気球が何か宇宙船のように見えた。

膝まである草むらのなかに、リリは仰向けになった。ギーは手を伸ばしてリリの太股にやさしく手を置いた。

「おまえは強いやつだからな、リリ。もしこの草むらに蛙やトカゲや蛇がいたって、怖くないだろ?」とギーが聞いた。

「ええ、ちっとも。夫と一緒にいるんだからね。何があっても、守ってくれるんでしょ」リリは答えた。

それから、ギーはポケットのなかからライターと丸めた紙切れを取り出し、火をつけた。そして、紙切れが灰になって草むらに落ちるまで、じっと見つめていた。

「リリ、今の見ただろ？　火が燃えるときに紙が浮かんでいたのを。あの気球と同じさ」

さっきつけたライターの火のように、ギーは目を輝かせて言った。

「それがどうしたって言うんだい？」　いぶかしげにリリが聞いた。

「わかるだろ、おれが何を考えているか」　駆け寄ってくる少年を迎えながら、ギーはそう言った。

「ねえ父ちゃん、かくれんぼしようよ」　少年がせがんだ。

リリは芝生に寝ころんで、夫と息子が楽しそうにかくれんぼをするのを眺めていた。ギーは隠れてはわざと見つかって、息子を楽しませていた。

「ちょっと休ませてくれ」　息を切らしたギーが言った。

暗い闇のなか、山を取り巻くように星が輝き、今にもトウモロコシ畑に落ちてきそうだった。

ギーが一息つくと、すぐさままた少年は父親を追い回した。

「ああ、実はきょうこんなことがあったんだ」　ギーは思い出したようにリリの耳元でささやいた。

「そう言えば、きょう家に入るなりあんたそう言いかけてたわねえ。あの子の劇のことで頭がいっぱいで、うっかりその先を聞くのを忘れてたよ」リリは言った。

そのとき、後から少年が駆け寄ってきて、両親の首にぶら下がった。

「さあ、もうすぐ帰るよ」リリは少年に向かって言った。

「セリフの練習していい？」と少年。

「もうじゅうぶんしただろ。それ以上やると疲れるぞ」ギーが言った。

それでも、少年は何か口をもごもごさせていた。それを見たギーは、少年の耳たぶを思い切りひねった。少年は苦痛に顔をゆがめて、草むらに顔を押しつけられていた。

リリは、草むらに潜む虫やトカゲや蛇を怖がって泣き声を上げる少年をいたたまれぬように見ていた。

「もうそろそろ寝させなきゃ」リリは少年を救うように言った。

「ちっとも言うことを聞かんやつだ。ああ言えば、こう言う」ギーは怒って言った。

そう言うと、すたすたと家のほうに向かって歩きはじめた。リリは少年を草むらから引き起こした。

「もごもご言っちゃだめって知ってるでしょ」リリは少年を叱った。

「セリフを言おうとしてただけなのに」少年はべそをかいて言った。

「今度言うときは、もっとはっきり言いなさい。そうすれば、父さんだって怒ったりしないから」リリの声は母親のそれに変わっていた。

その夜遅く、部屋の片隅に身を寄せて、一心にセリフをつぶやく少年の姿があった。疲れ果てていつしか眠り込んだその胸には、台本がしっかりと抱かれていた。

❖

リリが着替えをしている間、ギーは小屋の外で待っていた。リリが腰のリボンをほどくと、青いスカートが彼女の足下にひらりと落ちた。部屋の隅に丸めてよけてあるマットレスのうえから半分に切ったレモンをつかむと、リリはブラウスを脱ぎ、埃だらけの足にその汁をこすりつけた。

ちょうどそのとき、ギーが入ってきた。リリの裸の胸が薄暗いランプの光に照らし出されていた。このところ、めっきりリリの肌も荒れたもんだ。二年間も赤ん坊に乳をやっていたんだから、少々たれるのは当たり前だよな。ギーは思った。かつてその乳房を独り占めできた頃が懐かしく思えた。

彼女のネグリジェの裾が乱れた瞬間、ギーは思わず目をそらした。それからマットレスを広げるのを手伝って、うえに毛布を敷いた。

しっかりと寝巻きを着込んで、ギーはリリの隣に横になった。そして、リリの胸に顔を寄せた。

「きょう、いったい何があったのさ?」ギーの癖のある固い髪の毛に指を通しながら、リリが聞いた。そんな癖のある髪の人間には不幸がつきまとうという迷信が昔からあって、彼女も一時はギーとの結婚を迷ったほどだった。

「あす久しぶりに仕事にありつける。サトウキビ工場だ」ギーが答えた。

「ほんとに久しぶりだねえ」リリはうれしそうに言った。

実際、ギーが仕事にありつくのは半年ぶりのことだった。サトウキビ工場の仕事などめったになく、仮にあっても二回と続くことはなかった。一度工場の仕事にありついた連中は、石にかじりついてでも仕事をやめはしないし、空きがあったとしてもすぐに仕事にあぶれた親戚に回してしまうからだ。

しかし、久々の仕事を手にすることができたにもかかわらず、ギーの表情はいまひとつさえなかった。

「きょう、あんたが帰ってきたとき、ちゃんと話を聞いてあげるんだったよ。わたしゃ、ただもうあの子のことでうれしくって」　すまなそうにリリが言った。

「おれは工場の申し子のようなもんさ。物心ついた頃には、もうお袋が作ったとうもろこしの搾り粕茶ばかり飲んでいたんだからな。おれほどこの仕事にうってつけの人間はいないさ」

ギーは得意そうだった。

「で、いったい何をするのさ？」

「言っても笑わないかい？」

「まじめな仕事を笑うわけないじゃないか」

「便所掃除だとよ」

「それだってりっぱな仕事だよ」　リリは慰めるようにギーに言った。

「いまだに、おれは雇用リストの七八番目だ。こんな思いをしないように、そろそろあの子をリストに載せなきゃ」　とギーが言った。

すると突然、リリがむくっと起き上がった。ギーの頭が床にドスンと落ちるのもお構いなしだった。

「わたしゃ、反対だね。まだ若いあの子の運命をあんなリストひとつにゆだねるなんてこと、わたしにはできない」　リリはきっぱりと言った。

「このおれのざまを見ろよ。もしおやじがおれをリストに載せておいてさえくれたら、おれは今ごろ仕事にありついていると思わないか、ええ?」ギーはリリに向かって強い口調で言った。

「わたしを愛しているなら、どうかあの子をリストには載せないでおくれ」リリは真剣に頼んだ。

暗がりのなかでやっと捜し当てた夫の胸に、妻は顔を載せた。心臓の鼓動が速鳴るのがわかった。

「ねえ、お願いだよ」リリはしつこく哀願した。

「ああ、わかったわかった。もうその話はよそう」

「ありがとう」

「ところで、こんや、工場の裏庭に気球があったろ? つい見とれちまって」

「ああ、知ってたよ」

「あれの持ち主の男を見たことがある。そいつは気球のかごに乗り込むと、見る見る空高く舞い上がっていったんだ。まるで凧でも操るようにな。着陸するときのために男たちが大勢でそのあとを追っかけてた。気球がサトウキビ畑のどこに降りるか、このおれには一目でわかった。

そりゃあ、見事にわかったんだぜ」ギーは満面に笑みをたたえている。

「いいかい、あんた」リリが話をさえぎろうとしたが、ギーはなおも話しつづけた。

「今こそ奇跡が起きるかもしれない、そう信じなきゃ。いままでずっと見てきたけど、おれにだってあれくらいやれる自信はある。やつが気球を空中に浮かべるのをはじめて見たときは腰が抜けるほど驚いたもんだが、見慣れるにつれて、おれにもできるって……」

「確かに、あんたは頭がいいからね」リリは言った。

「そうさ。そのとおりだとも」

「でも、怪我でもしたらどうすんだい？」

「またそんなことを。あの空に高く浮かんでいる自分の姿を想像してみろよ。鳥になったみたいにさ」

「もし飛ぶのがそんなにいいのなら、神さまは人間に翼をくれたはずじゃないか？」

「ああ、そうとも。おまえの言うとおりだよ。でも、神さまは別のものをくださった。それは飛びたくなる気持ちさ。空を見て鳥を見たら、飛びたくなる。それに息子のことだってあるし……」

「どういうことだい？」

「あいつの将来のことさ。お前はあの子にまで便所掃除をやらせたいのか、えっ？」

「仕事は他にもあるよ」

「それはこのおれも同じだろ？　でも、結局便所掃除しか回ってこないじゃないか」

そのとき、突然部屋の隅から叫び声が聞こえた。ギーとリリは急いで駆け寄り、少年を揺り起こした。目を覚ました少年は、何かに怯えるようにガタガタと身体を震わせていた。

「いったいどうしたんだ？」　ギーは驚いて聞いた。

「セリフが思い出せないんだよ！」　少年は泣きそうな声を出した。

リリは、一緒に言ってみようと少年に促した。すると、徐々に少年の口をついてセリフが出てきた。少年がふたたび眠りについたのは、もう朝方だった。

木々の後から、朝陽がゆっくりと差しはじめた。市場へ急ぐ女たちの声が、路上の砂利を踏みつけるサンダルの音に混じって聞こえてきた。

リリはギーに背を向けてネグリジェを脱ぎ、急いで服に着替えた。

「そう言えば……」　マットレスに寝ころんだまま、ギーが言った。「おまえの裸を明るいところで見たことは一度もないな」

何も聞こえなかったようにリリはドアを閉めると、さっさと庭に出ていった。そして、空のポリ容器をひょいと頭に載せると、数キロ先の水くみ場へすたすたと歩き出した。行きはいいが、帰りはたいへんだった。容器いっぱいの水が歩く度にこぼれては、リリの背中をびっしょり濡らした。

明け方はトルコ石のように濃い青だった空も、やがて日が昇ると薄い青に変わった。

ギーは少年と二人で庭に出て、リリの帰りを待った。

「あんまりよく眠れなかったんじゃないのかい、かわいい坊や」　水に濡れたリリの手が少年の顔をやさしく撫でた。

「早くしないと、遅れるぞ。仕事に行く前に、学校に送っていかなきゃならないんだから」

ギーがあわただしそうに言った。

「もう今朝は大丈夫かい？」　シャツをズボンのなかに入れてやりながら、リリが聞いた。「大丈夫さ。さっきも練習したからな。このおれまですっかり覚えちまったぐらいだ」　代わりにギーが答えた。

リリは二人の姿が見えなくなるまで、家の前に立って見送っていた。

そして姿が見えなくなると、さっき汲んで来た水を家の脇に立てかけた大きな瓢箪のなかに注ぎ込んだ。

一段落すると、リリは家のなかに入って乾いた服に着替えた。それからその日の夕飯の材料捜しに取りかかった。

❖

「ねえ、ちょっと聞いておくれよ」昼過ぎにギーが帰ってくるなり、リリはそう切り出した。

ギーは汚れた服で顔を拭きながら、リリを見た。本当はここで木陰にすわってたばこでも一服やりたいところだったが、息子にそんなけちな楽しみしかない父親だと思われたくなかったのでやめた。

「ほら、早くお言いよ」リリは部屋の隅にすわって黙って本を読んでいる少年に向かって言った。

「セリフが増えたんだよ、父ちゃん。聞いてくれる？」少年は立ち上がって言った。

「この子ったら、覚えんのがあんまり早いもんでね、クラスのみんながもっと増やしたほうがいいんじゃないかってね」顔をくしゃくしゃにしてリリが言った。

「そいつは偉いな。で、もう覚えちまったのか？」ギーもうれしそうだった。

「さあ、やってみなよ」　リリは少年を急かした。

　すると、少年は部屋の真ん中に立って大きく咳払いをした。そして、かっと見開いた大きな目で天井を見ながら口を開けた。

「人びとの顔には悲しみがあふれている。わたしは神々に助けを求めた。ありとあらゆる神々に。若きものに、そして年老いたものにも。強きものに、そして弱きものにさえも。わたしは皆に助けを求めたのだ。自由に生きさせてくれ、さもなくば死んだほうがましだという血の叫びを繰り返しながら」

「うんうん、なかなかいいじゃねえか。前のもよかったけど、今度のもいい」　そう言ったギーの目から大粒の涙が流れていた。ギーは涙を拭うと、少年をぐっと抱き上げ、しばらく抱き締めていた。

「ほんとにいいセリフだ。前のと同じくらいぐっとくるな」　そう言うと、ギーは少年をしたに下ろし、でかしたとばかりに彼の肩をたたいて外へ出ていった。

「なんだか変だね、きょうの父ちゃん」　大きな音をたてて閉まったドアを見ながら、少年は母親に向かって言った。

「感動したんだよ」　リリはやさしく微笑みながら言った。

夕食が済むと、リリは少年を連れてギーがいるサトウキビ畑にでかけた。畑に着くと、少年ははしゃいで走り回っていた。ギーは製糖工場の裏のいつもの場所にすわっていた。

そして、顔を見るなりギーが言った。「いいから何も聞かないでくれ、リリ。きょうは最悪だった」

リリは黙ってギーの横の草のうえに腰を下ろした。

「まったく、おまえの子ども扱いのうまさには感心するよ。おかげでやつはいい子に育つだろう。ああ、きっとそうなる。そのとき何がいちばん大事か、おまえはちゃんと心得ているからな。それを見抜くだけのいい目を持ってる。おれがおまえとはじめて会ったときから、おれはそう思ってた。吸い込まれそうなくらいに深く黒いその瞳。まるで危険な罠にはまり込んでしまったように、おれはその瞳に夢中になった」ギーはリリの肘を小指でやさしく撫でながら言った。

「おれを信じたいという気持ちはよくわかってる。おれにどうしてほしいかもわかる。ほんとは製糖工場で働いてほしいんだろ？　いい家にだって住みたいだろうし、あれやこれやほしいものもあるんだろうな。でも、何よりもまず、おれに男としての自信を持ってほしいんだろう？　それがいちばんの悩みなんだろ、ええ？」ギーの声が少し大きくなった。

「そんな言い方はよしとくれ」リリが言った。

まるで何も聞こえないように、ギーは続けた。「いいか、おまえ。これは内緒の話だけどな。おれはときどき思うんだ。あの気球に乗れたら、空高く舞い上がれたら、ってな。そして、どこか本当にいい場所を見つけて、人生やり直せたらどんなにいいか。自分の家を建てて、きれいな庭も造って、新しい人生を始める。どうだ、いいだろ？」

「そんなこと、考えないでおくれ」

「おまえの気持ちはわかる。だけど、おれは自分の気持ちに嘘はつけないんだ」

「怪我でもしたらどうするの？　そうなったときのことを考えたことはないのかい？」

「じゃあ、おまえは新しく人生をやり直したいと思ったことはないのか？」

「ああ、ないね！」

「まあ、そうかっかしないでくれよ」ギーはまるで子どものように弱気な声で言った。

「じゃあ、あんた。もし気球に乗れたら、あたしと坊やはもちろん一緒に連れてってくれるんだろうね？」

「さっきまで行くなって言ってたと思ったら、今度は行きたいってか？」

「あたしはただあんたが夢を見るとき、そのなかにはあたしたちも入っているのかどうかを知りたいだけさ」

ギーはリリの肩に頭を載せて目をつむった。ギーの顔が鎖骨に重くのしかかり、背骨が痛かった。ギーがだらしなくよだれをたらしたので、リリのブラジャーが濡れてしまった。近くでコオロギの声がして、少し離れたところでは息子がセリフの練習をしていた。月の光が二人の頭をこうこうと照らしていた。月がウインクしてる、そうギーはよく言ったものだった。

突然、ギーが目を覚ました。「男は死んだらどうやって評価されると思う?」

ギーはいったいどんな答えを期待していたのだろう。

「人は贅沢なものを食べはしない。買えるものを食べるのさ」リリは答えた。

「そりゃあどう意味だい、リリ? まわりくどいことを言わないで、ちゃんと答えてくれよ」

「生前、何をしたか。男の評判はそれで決まるのさ。あたしたちの子だけはおなかをすかせたまま眠らせたりはしない。あたしたちがついている限り、あの子を絶対に飢えさせはしないよ」リリは強い調子で言った。

まるでその言葉が聞こえていたように、草むらの向こうから少年が勢いよく走ってきて二人のそばに倒れ込んだ。

「新しいセリフをまた忘れちゃったの」と少年。

「本番じゃ、そんなこと言ってられないぞ。みんなの期待がかかってるんだから、最後まできちんとやりとおすんだ」　ギーが励ました。

少年は寝床につくまで、何度も何度も繰り返し練習した。

その夜、ギーはリリが服を脱ぐのをじっと眺めていた。

そして、言った。「こんやはおれがレモン汁をぬってやるよ」

リリはギーにレモンを手渡し、スカートの裾を持ち上げた。

ギーの指が素肌に触れるたび、リリは小さく震えた。

「きょう、おれがおまえに聞いたことを覚えているかい？　死んだあと、男はどういうふうにみんなの記憶に残るかってことさ。その答えがわかった気がする。だって、おれは親父のことをよく憶えているからな。貧しさで一生苦しみつづけた親父のことを。おれが親父をよく憶えているのは、ああはなりたくないと思ったからさ」　ギーは静かに言った。

❖

翌朝、リリは夜明けとともに起きた。あっという間に差しはじめた朝陽のなかを、市場へと出かける女たちに混じって水くみ場へと急いだ。

家路につく頃には、日差しもすっかり強くなっていた。近づく家にふと目をやると、少年がものすごい形相で立っていた。足下にはしおれたキノコが散乱していた。母親の姿を見た途端、彼はものすごい勢いで飛びついてきた。

「いったいどうしたの？　またセリフを忘れたのかい？」あまりの勢いに倒れそうになりながら、リリは聞いた。

少年は息を切らしていたので、なかなか言葉が出てこなかった。

「父ちゃんが！」少年はそう言うと、空を指差した。

リリが空を見上げると、少年は顔を両手でおおった。そこには虹色の気球がふわふわと浮かんでいた。

「父ちゃんが……あれに！」いまにも泣き出しそうな声で少年は言った。

リリはきっと何かの間違いだと少年に言い聞かせようとしたが、あのひょろ長い腕と花柄のシャツはギーに間違いなかった。

工場裏のサトウキビ畑では労働者たちが一斉に空を見上げていた。みな口々にギーの名を叫

びながら、大喜びで手をたたいている。女たちも帽子を振りながら叫んでいる。「それ行け！もっと高く！」

リリは人びとをかき分けて前に出た。みな気球がだんだんと高く舞い上がっていくのを見ていた。

「あれまあ、あんなに高く上がっちまって」痩せぎすで出っ歯の混血の工場長が言った。ちょうどそのとき、額いっぱいに汗をかいたアサドの姿がリリの目に入った。彼は寝てるところをたたき起こされて不機嫌な顔をしていた。

アサドが言った。「こりゃあ、かなり上がってるぞ。しかし、一体全体やつはどうやってあそこまで行けたんだ？　気球を上げるには人手もうんといるはずなのに」

「いや、わかりません。おいらはただ、男が気球に乗ってるという報告を受けただけですんで」工場長が答えた。

「それにしてもわからんな。やつはどうやって気球を浮かべたんだろう？」アサドはなおも首をかしげていた。

「さあ、でも確かにやったんですよ」工場長は言った。

「おい見ろ、飛び降りようとしてるぞ！」誰かの悲痛な叫び声がした。

群衆は一斉にざわめきはじめた。

少年は空を見上げ、父親が本当に飛び降りようとしているかどうか確かめた。事実、ギーは気球のかごから這い出ようともがいていた。とっさにリリはスカートで少年の顔をおおった。

次の瞬間、ギーの身体が宙を舞った。リリは息を飲んだ。ギーの身体はリリと少年が立っているすぐそばの地面に激しくたたきつけられた。見る見る血があふれ出た。

気球は主のないまま、あてどなく宙をさまよっていた。アサドがギーに駆け寄った。そして、膝をついてギーの手の脈を取った。しかし、すぐに離した。

「さあ、見せ物は終わりだ！」工場長が群衆に向かって仕事にもどるよう促した。

リリは少年の顔をスカートでおおったまま、ゆっくりとギーのほうへ近づこうとした。その瞬間、少年はリリを突き放し、父親の死体が横たわる場所へと駆けだした。少年が父親のもとへたどり着いたとき、アサドはまだそこにいた。リリがあとから追ってきた。

そして、アサドに言った。「これはうちの夫です。わたしは家族なんです」

アサドは立ち上がり、ふわふわと風に漂う気球へと目をやった。そして、気球がどこへ降りそうか考えながら血だらけのギーの死体を一瞥し、それから車に乗り込んで走り去った。

工場長と数人の男たちが工場から担架を持ってきた。

心臓がいまにも張り裂けそうになるのをこらえて、少年はじっと父親の亡骸を見ていた。工場長が死体に毛布をかけたとき、とつぜん少年が何かをしゃべりはじめた。例の劇のセリフだった。

「人びとの顔には悲しみがあふれている。わたしは神々に助けを求めた。ありとあらゆる神々に。若きものに、そして年老いたものにも。強きものに、そして弱きものにさえも。わたしは皆に助けを求めたのだ。自由に生きさせてくれ、さもなくば死んだほうがましだという血の叫びを繰り返しながら」

「最後にもう一度だけ顔を見させて」そう言って、リリは毛布をめくった。

その顔にはもう最愛の人の面影はなかった。人を冷やかすとき、いつもいたずらっぽくゆがんだあの唇。キスしたときに触れ合ったあの大きな鼻。そして、あの目。あの真っ黒な瞳。血の涙でいっぱいになってはいたものの、ギーの目は大きく見開かれていた。リリは必死にギーの面影を捜した。自分が愛し、結婚したあのギーの面影を。

「目が開いたままだな。あんたが閉じてやりなよ。いやならおれがやるけど」

工場長がリリに言った。

少年はまだしゃべりつづけていた。その声には大人の哀愁が漂っていた。目を閉じ、こぶしを固く握ったまま、新しく覚えたばかりのセリフを繰り返した。

「人びとの顔には悲しみがあふれている。わたしは神々に助けを求めた。ありとあらゆる神々に。若きものに、そして年老いたものにも。強きものに、そして弱きものにさえも。わたしは皆に助けを求めたのだ。自由に生きさせてくれ、さもなくば死んだほうがましだという血の叫びを繰り返しながら」

そのとき、また工場長が急かして言った。「目を閉じてやらないのかい、ええ？」

リリは静かに答えた。「いや、そのままにしといとくれ。あの人の大好きな空をもう少し見させてあげたいから」

夜の女（ハイチにて）

Night Women

生暖かい夜の風が頬をなでる。まるで素肌を触られたように、わたしはぞくっとする。今夜のわたしは二十五才よりはるかに年老いて見えるはず。夜、それはいちばん嫌いな時間。それでも、わたしはこの闇のなかに踏み出さねばならない。

あの子が眠りにつこうとベッドに上がるとき、わたしはカーテンの向こうに映る影をじっと見つめる。影は子どもから大人の男へと大きさを変え、部屋を仕切るその真っ白な布の向こうで伸び縮みする。この薄っぺらな布一枚を隔てて、向こうとこちらには全くちがう二つの世界が存在する。

一瞬、この子がずいぶん前にいなくなった夫の亡霊に見えることがある。あの日の夜、あの人は忽然と姿を消した。壁ぎわに寄せたベッドのうえで寝返りをうつわが子。日曜のミサに着るよそ行きの服がしわにならぬように、静かに向きを変えるこの子がいとおしくてたまらない。首には、わたしが昼間男たちの目を引くために羽織る真っ赤なスカーフを巻いている。夜、わたしがいなくても寂しくないように。

わたしはカーテンの向こうの小さな影がおとなしくなるのを待つ。屋根には男たちが誰一人として直してくれない小さな穴がぽっかり開いている。男たちは裸のまま仰向けになって、その穴から星を眺めるのが好きだと言う。

部屋中の蚊がわたしの坊やの肌を刺す。その甘くおいしい血を放っておくはずがない。あの子は眠ったまま、蚊をたたく。そして翌朝、まるで顔から出血している女に一晩中キスでもしていたかのように、額は小さな血の跡だらけになっている。

すでに自分の身体を触ることに喜びを感じているかのように、あの子は身悶える。まだ性について話しあったことなどない。あの子にはまだ早すぎるから。買ったばかりの靴が徐々に自分の足に慣れていくように、そんなことは成長とともに一つひとつ自然とわかっていくことだから。

この世には二種類の女たちがいる。昼の女と夜の女。わたしはその間で喘いでいる。昼間の太陽のしたで、わたしの瞳は銅色に濁る。ああ、もっと器用になれば、この髪を編むことだってできるのに。

毎晩のように、わたしを呼ぶ声。あの子がこのカーテンを開けて母親を探す姿を想像するたび、わたしは背筋の凍る思いがする。

「ママ」

「なあに、坊や」

夜、わたしを呼ぶとき、なぜかあの子は声をひそめる。コカコーラの空缶に似た形のラジオが遠くで鳴っている。男の一人がくれたものだ。ママが働いているときに聴くようにと。

ビルロゼには波の頂に立って髪の毛で星を触る女たちの亡霊が出る場所がある。亡霊はそこを通る旅人に声をかけ、髪についた星を道端に置いていくという。何度か、わたしは近くにこの亡霊がいると確信した夜もあった。ビルロゼの女たちは昼間編んだ服を夜業（よなべ）してほどくことがよくある。編目を一つひとつほどいて、また新しい服を編めるようにしておくのだ。そうやってやることを用意しておけば、よその女の匂いがまだ消えぬ夫の隣に横になる必要がないからだ。

あの子が眠っているかどうかは、頬にキスをすればわかる。まるで岩のうえを舞う蝶のようにふわふわとするから。穏やかに閉じたその瞳の奥では、きっとわたしよりずっと大きな夢を見ているのだろう。わたしにとって、この子は別世界に離れて暮らす恋人のようにいとおしい存在なのだ。

ときどき小指でその鼻のしたのくぼみをやさしく撫でてやると、この子はわたしの指を吸おうとする。それから、何か寝言を言って寝返りをうつ。

わたしはあの子の耳元で静かにお伽話をささやく。あの女たちの亡霊の話。片方の根元には恐ろしい大蛇が住んでいて、もう片方には金貨のいっぱい詰まった帽子が置いてある虹の話。もしハイビスカスの花のうえを歩いて渡れたら女神になれるという話。そのうち、あの子は目を閉じる。まつ毛に息を吹きかけ、わたしは確かめる。なんと安らかな寝顔だろう。この子にだけは、わたしたちが何も信じられない社会に生きていることなど思い知ってほしくない。

どうしてそんなに念入りに化粧をするの、とあの子は不思議がる。寝る前にどうしてシャドウを入れて、頬を深紅に染めるのか、と。ハイビスカスのように真っ赤な頬にはかわいい天使がやってきてとまってくれるからだと、わたしはごまかす。

あの子は眠そうに服のしわをたぐり寄せる。わたしの財布から見つけた飴玉を口に入れたまま。

だめだめ、真っ黒な虫歯になってしまう。ああ、ミントの葉っぱで歯磨きさせるのを忘れていたわ。大人になると歯が白い男ほど女性に好かれることをこの子はまだ知らないのだ。

静かな寝息が聞こえてくるまで、そう長くはかからない。楽しい夢を見て、はにかんで笑う声が聞こえる。天使たちが頭のうえで飛び跳ね、小さなピンクの鼻にとまっては休憩する夢でも見ているのだろう。

ときには歌を口ずさむこともある。学校ではいまでも「寝ているの、ジャックさん？」という古いハイチの歌を教えているのだ。

夜、外のハイビスカスがかさかさ揺れている。わたしも一緒に歌う。あの子が早く深い眠りにつけるように。それから、わたしは紅をさす。エジプトの妃がさしたような、銀粉の輝く紅。お客が暗がりでもわたしを見つけやすいように。

今夜はイマニュエルという男がやってくる。大きなお尻が好きなドクター。わたしのは小さいけど、用は足りる。彼は毎週火曜と土曜にやってくる。まるで求婚でもするかのように大きな花束を持って。今夜はブーゲンビリア。こんなふうにいつもわたしを驚かしてくれる。「奥さん、お元気？」とわたしが聞くと、

「ああ、でも君ほどきれいじゃないよ」と決まって答える。

月曜と木曜は、アレサンドレという名のアコーディオン弾きが相手。彼はわたしの耳に口づけながらアコーディオンを弾くのが好き。あとはわたしの膝に顔をうずめて目を閉じるだけ。

あの子が夜中に目を覚ましても、わたしは慣れた口調で嘘をつく。でも、いつかそれもばれる日がやってくるにちがいない。部屋をうろつく見知らぬ男が幻で、その裸体が夢であるという嘘がばれる日が。そうなったら、天使に連れられたパパが天国から帰ってきたとでも言おうか。

ドクターの身体がわたしの身体に重なると、屋根の穴の星はゆっくりとその位置をずらしてゆく。やがて彼の息づかいは荒くなり、激しく喘ぎはじめる。わたしは手で彼の口を押さえて、声を出させないようにする。あごから滴り落ちる汗の雫に、わたしは彼の奥さんの顔を想像する。彼はいつも汗ぐっしょりのまま帰っていく。わたしのことを汗のなだれ落ちる滝だと言って笑っては、満足気に出ていくのだ。

ドクターが帰った明け方、わたしは独り外にすわってたばこを吸う。作物を頭に載せた貧しい農家の女たちが、目の前を通り過ぎてゆく。これから半日もかけて青空市場まで歩くのだ。わたしは星に向かって感謝した。少なくともいまからしばらくは、わたしは自由なのだから。

部屋に入ると、あの子の寝息が聞こえてくる。わたしは素早くその口元に頬をよせる。すると、あの子はわたしの首に手をまわしながらそっと尋ねる。「ママ、ボクまた天使に会えなかったの？」

わたしはベッドにもぐり込み、あの子をふたたび寝かしつける。

「心配いらないわ、坊や。これからもずっと、天使はやってくるのだから」

ローズ

Between the Pool and the Gardenias

その赤ん坊はとても可愛らしかった。艶々した髪の毛にココア色の肌。唇は土産物屋で売っている高価なアフリカ人形のように大きく、きれいな紫色をしていた。

ピンクの小さな毛布にくるまれたその子を道端に見つけたとき、わたしはとっさにそれは神さまからの贈り物だと思った。まるで聖書に出てくる赤ん坊の頃のモーゼかキリストのような表情。穏やかな丸い顔立ち。あたかも遠くを夢見ているかのように静かに閉じられた目。

手はか細く、少しでもつよく握れば裂けてしまいそうなその薄い皮膚のしたには血管が透けて見えた。きっと誰かの赤ん坊にはちがいないはずだが、辺りにはそれらしい人影はなかった。その子を自分の子だというものは誰もなかった。

最初は触れるのをためらった。せっかく朝の陽の光を浴びているのを邪魔したくなかったし、もしかすると、わたしをだますための罠かもしれないと思ったからだ。わたしには敵が多い。わたしが流産したときも、夫はそいつらとベッドをともにしていた。そんな夫に嫌気がさして田舎の家を飛び出したわたしが二度と帰ってこないように、夫の愛人たちが仕かけた罠かもしれないと思ったのだ。

赤ん坊は襟に「ローズ」と刺繡のある青い服を着せられていた。わたしが流産した子どもたちが生きていれば、きっとこんなふうだろう。一度もこの手に抱くことのなかったあの子たち。みなおなかのなかで窒息して死んでしまったので、こともあろうに夫はわたしがわざと殺したのではないかと疑いさえした。

わたしは生まれればつけようと思っていた名前を一人ひとり呼んだ。エヴリン、ジョゼフィーヌ、ジャクリーヌ、エミン、マリー・マグダレン、セリアンヌ。この子たちのために、わたしはせっせと服を縫った。一度も袖を通すことのない服を。

夜、わたしはその赤ん坊をおなかのうえでそっと揺すってみた。この子がおなかのなかにいればいいのに。

この町で住み込みの家政婦をやるようになって、はじめて女たちが貧しさゆえに赤ん坊を捨ててしまうことをテレビで知った。ビルロゼなら赤ん坊はおろか胎盤やへその緒さえも捨てることは許されないのに。そんなことをしたら、とんでもない罪人にされてしまう。周囲に災いが起きぬように、一つひとつに名前をつけて木の根元に埋めなければならないのだ。

なのに、この都会では赤ん坊を平気で捨ててしまう。しかも、どこにでも。階段の踊り場やごみ箱のなか、井戸のなかや歩道にまで。でも、わたしは一度もその場に出くわしたことがなかった。

そして、きょう、わたしはローズを見つけた。ああ、この子はなんて美しくて温かいのだろう。まるで風の子守歌を聞きながら眠っている小さな天使のようだ。

わたしは彼女を拾いあげ、頬摺りした。

そして、そっと耳打ちするように小さくささやいた。「ああ、ローズ。わたしの赤ちゃん」

この子を見ていると、幼いときにマンゴーの種で顔を作って遊んだ人形を思い出す。近所の子を集めてよくやった洗礼ごっこ。人形に名前をつけて、お祈りをして洗礼する。楽しみだったのは、そのあとのお菓子。コラの実やキャッサバ、運がよければクッキーが食べられた。

ローズはぐずったり、泣いたりしない。あの子を抱き締めると、この家の奥様がプールから上がったときにするくちなしの花と魚の混ざったような匂いがした。

❖

わたしは毎日夜明け前に母への祈りを唱える。だんだんと母の年に近づいていく自分。生と死がどんなにわたしたちの距離を離そうとしても、母はよくわたしの前に現れる。あるときは誰かの口を通じてただため息を漏らし小声でささやくだけ、またあるときはわたしの夢のなかに。

夜中に数人の老婆がわたしのベッドに寄りかかっている夢を見るのも、一度や二度ではなかった。

「わたしたちの仲間で残っているのは、もうマリーだけさ」夢のなかで母はよくそう言った。わたしは母に彼女たちを紹介してもらわねばならなかった。なぜなら、みんなわたしが生まれる前に死んでしまっていたからだ。ひい祖母のエヴリンは、ドミニカ共和国との国境の虐殺の川でドミニカ兵士に殺された。祖母のデフィールは、背中に羽を持つ魔女だと噂され、髪の毛を全部剃り落とされる屈辱を受けたあと、獄死した。名付け親のリリは夫が気球から転落し、息子がマイアミへ出て行ったことを苦に自殺した。

「ああ、マリア様。どうか哀れな罪人のわたしたちをお導きください。アーメン」

これらの祖先の霊から、わたしはいつも善い行いをするように言われてきた。いまこそそれをこの赤ん坊に。

わたしはローズを抱いて、クロワ・ボサルの青空市へ出かけた。あの子がずっと本当の自分の子であったかのように、腕のなかであやしながら。

ポルトープランスのような大都会では、たとえ同じ田舎の出身であってもほとんど交流はない。だから、わたしにきのうまで赤ん坊がいなかったことも知らないし、きょう突然できたとしても誰も気づきはしないのだ。

わたしはこの家の女中部屋にローズを寝かせ、急いで昼ご飯の支度をしに出ていった。旦那様と奥様はテラスでわたしが作っておいたジュースを飲んでいた。

まだ夜が明けないうちにわたしが郊外に出かけて行って、おいしいものを手に入れてくるのをお二人は心待ちにしていた。まるでそれがお金持ちの証でもあるかのように。

お二人は陰でわたしのことを噂していた。「あいつはきっとヴードゥー教の女司祭にちがいない。まじないで自分の姿を消して他人を傷つけることができると信じている馬鹿なやつらの一味だろう。だったら、なぜ金持ちになるまじないを使わない？　これだからヴードゥー教は信用ならない」

わたしはローズを台所のテーブルのうえに置いて、洗い物をした。そして、急にいままでの人生を話したくなった。

「ある男に一目惚れしたの。やさしくて、あの人の前だと素直になれたわ。結局、一〇年一緒にいた。でも、歳をとると途端にあの人は冷たくなって、汚いトイレットペーパーのようにわたしを扱った。ほかに一〇人も女をつくって、子どもまでこしらえたの。それで、家を飛び出した」

わたしはまわりのものすべてが自分のものであるかのように振る舞った。プール付きのテラスも、遠くの海に停めてあるクルーザーも、そして、大きなテレビやフランス製のレコードも全部。壁には羽の生えた真っ白な馬の絵がかけてあって、プールは汗臭いドミニカ人の庭師が週に三回も掃除をする。それは全部わたしたち三人のものなのだ。庭師とローズとわたし。

一度だけ、そのドミニカ人の庭師と裏庭で関係を持ったことがあった。それ以来、彼はわたしと口をきこうとしない。ローズは目を閉じて、子どもには刺激の強すぎる内容の話を聞いていた。

わたしはローズをエプロンに包んで、夕食用のプランタンをフライにした。彼女はほかの赤ん坊と同じように仰向けになって頭を後へ反らしていた。わたしは彼女の頭の後に手をやり、三つ編みにした髪を撫でながら言った。

「おまえはおとなしいいい子だ。ほかの子は一日中泣きわめくのに。みんなもおまえのようだったらいいのにね。いい子、いい子」

旦那様と奥様が夕食に帰って来られたので、わたしはローズを自分の部屋にもどした。お二人が床につかれたら、今度はプールサイドにでも連れ出して話をしよう。

この子も新たに家族に加わるのだから、やはり家族のことを詳しく知っておかないといけないだろう。家族の歴史や男好きのヴードゥー教の女神エルズーリーへの祈りのこと、誰かが死んだ日に鏡をのぞき込むと、そこに先祖の顔が見えるという迷信のことなど。

わたしは旦那様の揺り椅子にローズを乗せて、うとうとと眠りに落ちていった。それが夢でないことはわかっていたが、翌朝目覚めるとやはり彼女はわたしの腕のなかにいた。見つけたときと同じ顔をして。最初の三日間はそうだった。でも、四日目からは匂いを消すためにこまめに身体を洗わねばならなくなった。

前にビルロゼにいた頃、叔父が市場からブタの腸を買ってきたことがあった。ローズは次第に何日も売れ残った腸のような匂いがするようになっていった。

わたしはさらに日に三度も四度もプールの水で洗うようになった。奥様の香水も使ってみたが、猛烈な悪臭はもうどうしようもなくなっていた。拾った元の場所にもどそうかとも思ったが、もうわたしにはこの子の魂を最後まで面倒見る責任があるのだ。

わたしはローズを屋敷の裏にある例のドミニカ人の道具小屋へと隠した。それから日に三度、わたしは鼻をつまみながら彼女に会いに行った。その肌は次第に朽ちてゆき、ひび割れ、やがてところどころ陥没しはじめた。この四日間でいっぺんに歳を取ったようだ。

しまいには、とうとうハエがたかりはじめた。ローズの魂が散らばらないように、わたしは必死にハエを追い払った。

いよいよ最後の沐浴をするときがやってきた。わたしは流産したわが子の一人に縫ってやっていた黄色い服をローズに着せた。

そして、彼女を裏庭の日の当たる場所に運び出した。それからくちなしの花に囲まれた庭の真ん中に小さな穴を掘った。ローズを拾ったときと同じ黄色い布で、わたしは顔だけを出して彼女を包んだ。もはや彼女の匂いは我慢できないほどにまでひどくなり、お別れのキスも息を止めてしなければならないほどだった。

わたしは彼女をゆっくりと穴のなかに降ろした。庭に穴を掘ったことで旦那様に叱られるかもしれないと心配したが、それ以上に奥様の香水を無断で使ってしまったことが気になって仕方なかった。

やがてローズは穴の底に横たわった。

と、そのとき、突然後で声がした。「おいおまえ、いったい何をしているんだ?」あのドミニカ人の庭師だった。

インド人のように黒い顔をした彼の手は、プール掃除用の薬品で白くなっていた。彼の視線は穴のなかの赤ん坊に注がれていた。

「こんな顔がね……、いくつも夢に出てきたのよ……、それで」わたしの言葉をさえぎって、ドミニカ人はスペイン語なまりのきついクレオールで聞いた。「いったいどこから連れてきたんだ？」

しかし、わたしが答える前に彼は次の言葉を吐いていた。「もう遅いぞ。警察を呼んだからな。もうすぐ来るはずだ。このところどうも変な匂いがしていたと思ったら、やっぱりこんなことだったのか。おまえがこの子を殺して、死体を隠していたんだろう？」

「とんでもない早とちりよ」わたしは言った。

「おまえが殺したんだろう、ええ？」

「わたしがそんな人間でないことを、あんた知ってるでしょう？」

「ふんっ、だれがおまえなんかっ！　生まれたての赤ん坊ばかりねらって食うなんて、なんて恐ろしいことを」

わたしを逃がさないように庭師はわたしの身体を押さえつけたが、その手は小刻みに震えていた。

わたしはローズに目をやった。ローズの顔が、かつて流産して一度も日の目を見ることのなかったあの子たちの顔と重なった。この子が生きていたら……。歯が生えて、ハイハイができるようになり、泣きわめいて、おイタをする姿が走馬灯のように目に浮かんだ。小さな死体を見下ろすメイドと庭師。身体を許していながら、わたしはあの男の名前すら知らなかった。

わたしは幸せそうな三人の姿を思い浮かべた。ローズとわたしと庭師。プールとくちなしの花の間で、わたしは警察が来るのを静かに待った。

失われた合言葉「ピース」

The Missing Peace

わたしたちは蝶のような形をした葉っぱで遊んでいた。レイモンは不自由な片足を引きずりながら燃え落ちた古い校舎の分厚い灰を蹴散らし、盛り土のうえに身を投げ出した。わっと土埃が舞い上がり、彼のカーキー色の服の袖を汚した。

❖
❖
❖

「ここから見える夕日は最高よ」するとレイモンはわたしの両足をつかんでしたに引きずり降ろそうとした。わたしは枯草であごを擦りむきながら、必死に逃げようともがいた。なんとか逃げようとしたが、彼の手がわたしの足をしっかりと握っていたので、わたしはふたたびその場に仰向けに倒れた。

「おれと一緒にいると、いやらしい気持ちにならないか？ 可愛い女になりたいって思ったりしないか？」そう言って、彼はわたしの首をくすぐった。

わたしがうつぶせになると、今度は背中にぴったりとくっついてきた。日は沈みかけていて、辺りの岩が金色に輝いていた。

「おれならそんな気分にさせてやれるぜ。なあ、いいだろ？」そう言って、レイモンは迫ってきた。

「おばあちゃんは、もうわたしにも赤ちゃんが産めるって言ってたわ」

「ばあさんのことなんかどうでもいいじゃないか」

「ねえ、どうして足が悪くなったのか、教えてよ」わたしははぐらかすためにそう聞いた。

彼はそのことを聞かれるのが好きだった。自分が勇敢だということを自慢できるからだ。

「もし教えたら、胸を触らせてくれるか?」

「そんなこと、口にするだけでも失礼よ」

「なあ、触らせてくれるのか?」

「まあ話の内容次第ね」

彼はそのときのことを思い出すように目を閉じた。

じつは、その話はもう何べんも聞いたことがあった。

「ある晩のことだった」彼はわざとらしく大きくため息をついて話しはじめた。「ポルトープランスでクーデターがあったなんて、まったく聞いてなかった。だから、おれは前の政権の制服を着ていたんだ。おれの友人のトトも、おれが旧政権の支持者か、新政権の支持者か、わからなかった。だからおれの制服を見たとたん、やつは撃ちやがった。でも、やつが撃ったのはおれじゃなくて制服だったたんだ」

「銃弾が何発も飛んできた。おれは恐くてたまらなかった。悪いことに秘密の合言葉を忘れちまって。でも、一発足に食らったとたん思い出した。おれは大声で合言葉を叫び、銃撃が止んだってわけだ」

「制服を脱げばよかったのに」わたしは笑いながらそう言った。

そんなわたしの皮肉を無視して、彼はわたしのブラウスのボタンに手をかけた。

「おまえ、合言葉をおぼえてるか?」

「うん」

「じゃあ、おれの耳元にそっとささやいてみろ」

わたしは彼のほうに身体をすり寄せ、耳元でささやいた。

「万が一のために絶対に忘れるなよ。それで命が助かるんだから」彼は言った。

「わかったわ」

「もう一度、言ってみろ」

わたしは思い切り息を吸って言った。「ピース」

そのとき、遠くから外出禁止時間予告を告げる銃声が数発聞こえた。

「もう帰らなきゃ」わたしは言った。

彼はさっと立ち上がり、わたしに投げキッスをした。
「夜回り、気をつけてね。ピース」わたしは家路についた。

クーデターの夜に燃え落ちた骨組みだけの家々の間を抜けて、わたしは家へと急いだ。その夜、前の政権の支持者が多く命を落とした。船でマイアミに逃れた人びとも多い。
わたしは教会の庭を急いで走り抜けた。憲兵が旧政権の人びとの死体をそこに埋めたのを知っていたからだ。庭のまわりには鎖がかけられていたが、ときどき地面から髪の毛が出ているのが見えた。
通り道には真っ赤なハイビスカスが連なって咲いていた。わたしは片手で鼻をつまみ、もう片方の手でその花びらを摘んで持って帰った。

祖母は家の前で揺り椅子に腰かけて、ロープに結び目を付けていた。彼女はわたしの手からハイビスカスの花びらをもぎ取り、地面に捨てた。

「何度同じことを言えばいいんだい？　あそこの花は人間の血を吸って咲いているんだよ」

祖母はそう言うと、わたしを家のなかに押し込んだ。

「またあの黄色い家にお客さんだよ。針と糸を持っていっておくれ」　祖母は唾を飛ばしながら待ち兼ねたように言った。

黄色い家は、ビルロゼを通る旅行者に泊まってもらうように祖母がきれいに改築したものだ。例の教会に埋められた死体の生々しい写真を撮るためにフランスやアメリカのジャーナリストがよく利用していた。わたしは行水のために庭に出た。今度の客がどんな人物か観察してやろうとしたが、姿は見えなかった。わたしは庭の水溜まりで服を脱いだ。祖母はミントの葉を手にいっぱい握って、わたしの背中をごしごしとこすりはじめた。

「女の人だよ。だから、心配させるようなことを言っちゃいけないよ。人は言うことや考えることで判断されちまうんだから」

「女の人、ひとり？」

「ああ、そうだよ。外国の女の人はみんな一人でやっていけると思ってるからね。たばこだって吸うよ。人生が嫌になったような渋い顔をして」　そう言って、祖母はくすくす笑った。

「キセルを吸うの？」

「女は吸わないさ」

「じゃあ、たばこ？」

「まちがっても、吸いたいなんて言っちゃ承知しないよ」

「またジャーナリスト？」　わたしは聞いてみた。

「さあね、知ったことかい」　祖母はそっけなく答えた。

「頭はよさそう？」

「頭の良し悪しは読み書きだけじゃわからないさ」

「どっちの政権の支持者、旧政権、新政権？」

「わたしたちと一緒さ。信じるのは神さまだけ。何か後世に残せるようなものを書きたくて来たって言ってたよ」

「それで、おばあちゃんはなんて言ったの？」

「わたしにはもうとっくに後世が来てるって言ってやったよ。昔は赤ん坊だったのに、いまはもう老婆になってるんだからってね」

「わたしも何か聞かれたら、答えてやろうっと」とわたしは言った。

「そんなことを言っていると、いつか火傷するよ。あの女の人にも口のきき方には気をつけるように言っておいた。とくにトトやレイモンには気をつけろって」

「目を合わせるなって?」

「ああ、それも言った」そう言うと、祖母はくしゃくしゃになったミントの葉を庭の隅っこに捨てた。

身体中がとてもさっぱりした。わたしの肌がきれいになったのを見て、祖母の表情がゆるんだ。

「ほうら、きれいになった。おまえだってきれいになれるんだ。おまえの母さんみたいにね」

それから、針と糸の入った袋をわたしに手渡した。

❖

夕方のひんやりした空気がわたしの顔を撫でた。わたしは二年前に買ってもらったミサ用の白いレースの服を着て、黄色い家へと向かった。

ノックをすると、女の人がひょっこり顔を出した。

「ガランさん?」

「どうしてわたしの名前を?」

「これ、おばあちゃんが持っていくようにって」

彼女はアメリカ製のジーンズをはいていた。

「やっかいなことを頼まれたって顔ね」 そう言うと、わたしを居間へと迎え入れた。そこには祖母がジャーナリスト用に用意した大きなテーブルと椅子が置かれていた。

「わたしはエミリー。あなたは？」 アメリカなまりの強いクレオールだった。

「ラモール。死神って意味よ」

「どうしてまたそんな名前をつけられたの？」

「わたしを産んでいる最中に母が亡くなったの。おばあちゃんはわたしのせいだって」

「だったら、なおさらお母さんの名前をつけるべきだわ。それが普通でしょ」 そう言って、わたしから袋を受け取った。

彼女は隅のテーブルのうえに置いてあったレモネードの水差しを手に取った。それは宿泊客が到着した日に必ず祖母が用意するものだった。

「少しいかが？」 わたしが答える前に、もう彼女はレモネードを注いでいた。

「いただきます」

そして、クッキーのいっぱい入った缶をわたしの目の前に置いた。わたしは、祖母の言いつけを守って、一つだけ取った。

「あなたはジャーナリスト？」　わたしは聞いてみた。

「どうして？」

「だって、ここに泊まる人はほとんどそうだもの」

エミリーはたばこに火をつけ、息と一緒に一気に煙を吸い込んだ。

「わたしはジャーナリストじゃないわ。ちょっと行きたいところがあって来ただけなの」

「だれかに会いに来たの？」

「ええ、ちょっと」

「どうして、その人たちのところに泊まらないの？」

「迷惑になるといけないから」

「その人たちは旧政権派、新政権派？」

「だれ？」

「あなたが会いに来た人たちよ」

「どうしてそんなこと聞くの？」

「人は言うことや考えることで判断されるからよ」

「あなたこそ、ジャーナリストみたい」思わずエミリーは言った。

「ねえ、どっちを信じる？　新政権、それとも旧政権？」わたしは尋ねた。

「あなたのおばあさんが忠告してくれたわ。そう聞かれたら、『わたしが信じるのは神さまだけ』だと答えろって。でも、本当にあなたはジャーナリストの素質があるわ。学校へは行ってるの？」

「ええ、まあ」

それから彼女はまたクッキーをすすめた。わたしは一つ取った。それでも、缶を片付けようとしなかったので、また一つ、また一つと取っているうちになくなってしまった。

「これ読める？」エミリーは缶に書かれた赤い文字を指差した。

「英語は読めないわ」わたしはすぐに答えた。ここに来たジャーナリストたちがよってたかって英語を教え込もうとしたが、わたしには覚えられなかった。

「英語じゃないわ。だって、これ、フランスのクッキーだもの。フランス語で『小さな生徒』って書いてあるのよ」

わたしは恥ずかしさのあまり、手で口をふさいだ。

そして、言った。「でも、頭の良し悪しは読み書きではわからないわ」

「恥をかかすつもりじゃなかったのよ」そう言って、レモネードが半分残ったコップに吸い殻を投げ入れた。「一つ、聞いてもいい？」

「ええ、どうぞ」

「じつは、わたしの母は旧政権の支持者だったの。ジャーナリストでね。ポルトープランスの『リベット』という新聞に書いていたのよ」

「お母さん、ここに来たの？」

「ええ、たぶん。もしかすると別の場所かもしれないけど。でも、母の同僚はこの辺にいたはずだと言っているわ。あのクーデターの夜、銃声か何か聞こえなかった？」

「銃声はたくさん聞こえたわ」

「死体は見た？」

「おばあちゃんもわたしも、あの日は家から出なかったから」

「女の人が助けを求めて来なかった？　紫の服を着た女の人よ。誰かに見たって聞かなかった？」

「いいえ」

「死体が集団で埋められている場所があるって聞いたんだけど、知ってる？」

「ええ、いつもジャーナリストの人を連れていくから」

「行きたいんだけど、連れてってくれる？」

「今から？」

「ええ」

エミリーは財布から小銭を出してテーブルに置いた。

「もっとあるわ」彼女はそう言ったあと、ジーンズのポケットから写真の入った封筒を取り出した。わたしは一枚一枚素早くめくっていった。どれにも巻毛で痩せた茶色い肌の女性が笑って写っていた。

「見たことないわ」しばらくして、わたしは答えた。

「もしかすると、母は夕方ここに着いて真夜中頃クーデターに巻き込まれたかもしれない。クーデターの次の日に女性の死体は見なかった？」

「死体は一つもなかったわ。葬式がなかったもの」わたしは言った。

❖

遠くから祖母の足音が聞こえてきた。

「もしわたしがここにいると知れたら、例の場所にあなたを連れては行けないわ」　わたしはあわてて言った。

「さあ隣の部屋に早く隠れて。呼びに行くまでじっとしてるのよ」

祖母は一回、二回とノックした。わたしは急いで隣の部屋に駆け込み、隅に隠れた。

その部屋のベッドには、いつも祖母が用意していた真っ白なシーツの代わりに、紫の布が掛けてあった。床には四角い小さな布切れがたくさん並べてあった。

「針をどうもありがとう。スーツケースに入れたつもりだったんだけど、どうも忘れたようで」　エミリーの声が聞こえた。

「近ごろめっきり目が悪くなりましてねえ。でも、針仕事があれば言ってくださいよ。いつでもしてさしあげますから」　祖母は来客用のか細いやさしげな声でそう言った。

「ありがとう。でも、自分でできますから」　エミリーは言った。

「そうですか。ところで、うちの孫娘を見ませんでしたか?」

「あら、あわてて帰って行きましたけど」

「どこへ行ったか、ご存知ないですか?」

「さあ。でもうれしそうにおめかししてましたよ」

祖母は玄関のドアを指で叩きながら黙って考え込み、やがて言った。

「じゃ、ゆっくりお休みなさって」

「針をありがとう」エミリーはお礼を言って祖母を送り出したあと、急いで玄関に鍵をかけた。

「おばあさんに見つからずにここを出られないかしら？　あとで叱られるのは覚悟しといたほうがいいわね」そう言いながら、彼女は懐中電灯とパスポートを持って入ってきた。

「ところで、この布切れは何なの」わたしは尋ねた。

「それを継い合わせて、あの紫の布につけようと思っているの。古いものを使って何か新しいものを作るのは、母がずっとやりたがっていたことなの」彼女はそう答えた。

そして、レース編みの白いベールを頭にかけて言った。「これは母が結婚式で使ったものなの」それから今度はピンクの小さな布を取り出した。「これはわたしが赤ん坊のときのよだれかけよ」

見る見るエミリーの目に涙があふれた。彼女は天井を見上げて、必死に涙をこらえていた。

そして、ぽつりと言った。「母は紫の色が大好きだったの」

「わたし、おばあちゃんに聞いてみるわ。あなたのお母さんを知らないかって」思わずわたしはそう言った。

「きょうの午後ここへ着いてすぐ、おばあさんには写真を見せたわ。でも、知らないって」

「もし会っていれば、覚えているはずだから」

「ねえ、教会の庭へ連れてってくれる？　今までに何人も案内したことがあるんでしょう？」

彼女はわたしの顔をじっと見つめた。

「毎日、そこを通るわ」

「じゃあ、行きましょう」

気のはやるエミリーを押し止めて、わたしは言った。「でも、ときどき見張りが立っているわ」

「わたしにはアメリカのパスポートがあるからだいじょうぶよ」

「やつらにはそんな区別はつかないわ。わたしと同じで、クッキーの区別もつかないんだから」

「あなた、いくつになるの？」　彼女は尋ねた。

「十四」

「歳のわりには有名人ね。前にここに泊まったことのあるジャーナリストの友人がいてね。あなたにしか頼めないって聞いてきたのよ」

わたしをそんなに高く買ってくれていたジャーナリストがいたなんて、たくさんいたから誰だか見当もつかない。

「悪いことで有名なよりはましでしょう？」わたしはエミリーに言った。

「準備はオーケーよ」彼女が言った。

「もし見つけたら、連れて帰るの？」

「誰を？」

「あなたのお母さん」

「そこまで考えてなかったわ」

「でも、もしやつらにつかまってたとしたら？　そう簡単にやつらが渡してくれるわけないから」

「少女は母親を失ったとき、女になるって昔から言うわ。あなたは生れつき女なのね」エミリーはわたしの顔をじっと見ながら言った。

❖

私たちは祖母の庭を通って、表通りへ出た。

「ずっとひどい夢ばかり見るの。母が川で溺れて、わたしに助けを求める夢」エミリーは木の葉を引きちぎって言った。

遠くで数発の銃声が聞こえた。外出禁止令開始の合図だ。

わたしたちは道端に立ち止まり、しばらく様子を見てからまた歩きだした。

❖

夜風が何か腐った肉の匂いを運んでいた。わたしたちは入り口を探して、教会の庭の周辺を歩き回った。と、そのときだった。暗やみから突然大きな声がした。

「だれだっ？」

あまりの驚きにエミリーは息が止まったようだった。

「わたしはアメリカ人ジャーナリストよ」彼女はあわてふためいて、クレオールで叫んだ。

そして目が眩むほどまぶしい懐中電灯の明かりのなかにパスポートを差し出した。見張りがそれを照らした。

その見張りとはレイモンの足を撃ったあの親友のトトだった。トトは背が高く痩せていて、十六才くらいにしか見えなかった。彼は何かにつかれたように、わたしの顔をまじまじとのぞき込んだ。しかし、暗くてわたしだとは気づかなかったようだ。

トトはエミリーの手からパスポートをもぎ取ると、パラパラと素早くめくった。

「ここで何をしているんだ？　もう外出禁止時間だぞ」　そう言うと、パスポートを彼女に返した。

「合図が聞こえなかったのか？　今は外出禁止だ。そのきれいな服を血で汚したくなかったら、家でおとなしくしていろ」　トトが叫んだ。

そのとき、近くをほかの兵隊が二人通り過ぎた。彼らは血まみれになった髭づらの男の死体を引きずっていた。男のTシャツの胸のところに「人は一人では弱いが、力を合わせれば洪水も起こせる」という旧政権時代のスローガンが書かれていた。男は両足を引きずられていた。

エミリーはよく見えるように一歩前へ出た。

「おまえは何も見なかった」　トトはそう言って、エミリーの顔を手でさえぎった。その手が彼女の頬に触ったとき、エミリーは怒りの目でトトを睨み返した。

「なんてひどいことを」　彼女は感情を抑えた声で叫んだ。

それを聞いたトトが大声で笑って言った。

「こいつは貧しくて墓も買えないから、代わりにおれたちが葬ってやるのさ」

エミリーは果敢にも死体のあとについて教会の庭に入ろうとした。

「おまえは何も見なかった、と言ったはずだ」トトはまた同じことを叫び、エミリーの顔に手を伸ばした。彼女は大きく手を振り上げた。すかさずトトはその手をつかんで、後ろ手にねじあげた。

そして、押し殺した声で言った。「おまえは何も見なかったんだ。さあ、言ってみろ。何も見なかったと」

「何も見なかったわ。この人にはわからないのよ」わたしはエミリーの代わりに答えた。

「いいえ、あんたの顔はしっかりと見たわ。何も見なかっただなんて」

「ピース、見逃して」わたしは懇願した。

「この臆病者！」トトに向かってエミリーが吐き捨てた。

彼はエミリーを睨みつけ、後ろ手にした彼女の手をさらにきつくねじあげた。

「ピース、ねえお願い、助けてあげて」わたしは必死に頼んだ。

「だったら、この女にそう言わせろ」トトはなおもエミリーを睨みつけている。

そのとき、エミリーが彼のつま先を思い切り踏みつけた。トトは手を放し、荒々しく銃口をエミリーに向けた。一瞬、緊張が走った。銃口はエミリーのこめかみを狙っていた。

「ピース！」 わたしは夢中で叫んだ。

ちょうどそのとき、レイモンが庭から出てきた。わたしは夢中で何度も何度も合言葉を叫んだ。「ピース！ ピース！ ピース！」

「もういいだろ」 レイモンがトトに言った。

「けっ、とっとと失せろ！ 二度ともどって来るなよ！」 トトはいまいましそうに言い捨てた。

「さあ、行きましょう。もし殺されでもしたら、おばあちゃんに怒られちゃう」 わたしはエミリーを急かした。

しばらくレイモンが後について来た。

「合言葉は変わったんだ。ピースはもう使うな」

次の瞬間、振り返るともうそこにはレイモンの姿はなかった。

❖

家に着くまで、エミリーとわたしは一言もしゃべらなかった。遠くで銃声がこだましていた。

黄色い家の前まで来たとき、わたしは口を開いた。「絶対にやつらと目を合わせちゃだめよ」

「いつもそうしてるの？」

わたしたちは家のなかに入った。

「今夜こそ、母の毛布にこのキルトを縫いつけるわ」 彼女は静かに言った。

そして、祖母の袋から針と糸を出して縫いはじめた。彼女の指は器用に素早く動いた。

「もう帰らなきゃ」 そう言って、わたしはテーブルのうえの小銭にちらっと目をやった。

「お願い、帰らないで。あすの朝まで一緒にいてくれたら、もっとあげるわ」

「でも、おばあちゃんが心配するから」

「あなたのお母さんの名前は何というの？」

「マリー・マグダレン」 わたしは答えた。

「その名前をつけてもらうべきだったのよ。お母さんはきれいな人だった？」

「さあ、写真がないからわからない」

「ところで、今夜教会の庭の外にいた連中をあなた知ってるの？」

「うん」

「わたしがあれ以上騒がなかったのは、あとであなたに迷惑がかかるといけないと思ったからよ。やつらの名前をメモしとかないと。後世のために」 エミリーは言った。

「もう後世は来ているわ」 わたしは言った。

「いつ？」

「昔は赤ん坊だったのが、今は大人になった」

「あなたはまだ子ども。大人じゃないでしょ」　エミリーは笑った。

「でも、おばあちゃんは歳をとってるわ」

「おばあさんが歳をとっても、あなたが歳をとったことにはならないわ。ねえ、そうでしょ。おばあさんとあなたはちがうのよ。わたしはあなたが傷つけられないように、あれ以上逆らわなかったんだから」　彼女は言った。

「わかったわ。心細いでしょうから、今夜は一緒にいてあげる」

そう言って、わたしは彼女に寄り添って床に丸くなった。

❖

翌朝目覚めると、紫の毛布にキルトがかけてあった。床にはエミリーの母親の写真が無造作に並べてあった。

「ゆうべ、わたしは女になった。母はもう死んでいると確信したから」

疲れた痛々しい声だった。エミリーはそう言うと、テーブルの、うえの小銭に財布から取り出した一ドルを加えて、わたしの手に握らせた。

「あの連中の名前を教えてくれる？　ここにメモしておくから」　エミリーが聞いてきた。

「あなたの手をねじあげた男、あいつはトト」　わたしは正直に答えた。

「後をつけてきた男は？」

「レイモン」

彼女は母親の写真の裏に名前を書き留めた。

「母の名はイザベル。この写真を後世のために大切に持っておいてね」　そう言って、写真をわたしに渡した。

⁘

外には朝日が差していた。エミリーはポーチに腰をかけて、わたしを見送った。

祖母は家の前にすわって、わたしが帰ってくるのを待っていた。なのにわたしの姿を見つけても、身動きひとつしなかった。

「おばあちゃん、きょうからは別の名前で呼んでね」　わたしは大声で言った。

「やれやれ、この子はどれだけ言っても聞かないんだから」　祖母は立ち上がった。

「あの名前で呼んでほしいの」

わたしがそう言うと、祖母の顔が少しゆがんだような気がした。

「マリー・マグダレン?」

「そう、マリー・マグダレン。きょうからわたしはマリー・マグダレン」その瞬間、わたしは女になった。

永遠(とわ)なる記憶

Seeing Things Simply

「やっちまえ！　殺せ！」

闘鶏が始まった。プリンセスが教室から出ると、校庭がざわめいていた。大きな声で鳴いたほうが、きまって最初にやられる鶏だった。たいていは死ぬのもそっちだ。

小さな応援の声はすぐに大きな叫びへと変わっていった。校庭を横切るプリンセスの耳に、「首をもいでやれ！　のどを突っ突け！」という男の子の声が聞こえた。

❖❖❖

夜、秘密の儀式が小屋の真ん中から天に突き出たバニヤンの木のまわりで行われた。昼間は、そこは闘鶏場や結婚式場、ときには葬式場になったりした。その外では女たちが氷入りのジュースを売ったり、ドミニカの宝くじを売ったりしていた。

その庭先に、一人の老人が不器用に細工したパイプを口にくわえて立っていた。

「もう帰りましょう」その横で重そうなかごを頭に載せた老女が老人に言った。

「いいから、だまってろ」老人は叫んだ。

てこでも動かないといったふうに、老人は地面に茂った草のなか深くに両足を踏ん張り、妻を黙らせた。

老女は、その喉をいつ掻き切られても気づきもしないだろうと思えるほど、大きく空を見上げた。そして頭上の雲でもあざけるように、大声で笑いながら立ち去っていった。

老人はたばこの煙を老女のほうにフーッと吐き出した。相変わらず両足は草の根深く踏ん張ったままで、かごを揺らし揺らし離れていく老女にむかってまだぶつぶつ文句を言っていた。

「かわいい娘さんだ」プリンセスが近づくと、老人はそう言ってウィンクした。彼女は老人の顔がはっきりと見えるところまで近づいた。老人は町からこのビルロゼに引っ越してきた元教師だった。でも今は酒浸りの生活を送っているらしい。

どこかしら老人はハンサムで、頭の中央に走る白髪が素敵だった。彼はいつもここにきて、闘鶏の騒ぎを子守歌のように聞きながら、老女に悪態をついては追い返していた。とはいっても、老女は気にする素振りも見せなかった。

村の噂では老人はパリのソルボンヌで学んだエリートだということだった。そんな人間があんなかごかつぎの老女と暮らしているのは、きっと何かやましいところがあるからに違いないと村人は疑っていた。何か罪を犯して逃げ回っているか、誰かにきつい呪いをかけられたか。老女が彼の悪態に顔色ひとつ変えないのはそのためだろうか。

「調子はどうだね?」老人はそう言って、プリンセスの服の端をつかもうとした。プリンセスは十六才だったが、とても痩せていて背が低かったので十二才でも通りそうだった。老人は半分冗談めかして聞いてきた。「お嬢ちゃんも賭けてみるかい？」

「いえ、けっこうです」歩きながらプリンセスは答えた。

老人はがぶっと瓶のラム酒をひと飲みすると、片足を引きずりながら闘鶏場へと消えていった。鶏の鳴声が小さくなっていた。間もなく決着がつこうとしていた。最後に長く大きな鳴声が響いた。断末魔の叫びだった。一羽が力尽き、地面に倒れた。

プリンセスはグアデルーブ出身の画家キャサリンとの約束があったので、先を急いでいた。ビルロゼの一郭には外国人が多く住んでいた。プリンセスは学校の先生の紹介で何人かの外国人と面識があった。彼らは白い砂浜を見下ろす丘のうえに住んでいた。フランス語を話す画家や作家と交流すると、生徒たちは先生に成績を上げてもらえるという特典があった。
砂浜で本を読んでいたキャサリンにプリンセスは声をかけた。
「マダム」授業でやった標準フランス語発音を思い出しながら、ハイチなまりが出ないように注意した。

キャサリンは本を置いて、水着のうえに着たため息が出るほど長いガウンを投げ捨ててかけ上がってきた。そしてまるでパーティーで会ったときのようにプリンセスの頬にキスした。

キャサリンはまだ二十七才だったが、もっと老けて見えた。一日中身体を焼いているというのに、肌は薄い銅色に乾燥したままだった。おそらくプリンセスが知っているなかでいちばん肌を焼いている時間の長い黒人だっただろう。

彼女の家のベランダにはすでにキャンバスと絵の具の準備が整っていた。キャサリンは外の強い日差しのもとで絵を描くが好きだった。

「さあ落ち着いて、カワイコちゃん。リラックスできるまでじっくり時間をかけていいのよ。どんなに時間をかけても、天地がひっくり返ることはないわ。急がなくていいのよ」キャサリンは諭すように言った。

プリンセスはゆっくりとチェックの制服を脱ぎはじめた。それから汗止め用の真っ白な下着を脱いだ。まだつぼみの大きなマッシュルームのような胸がのぞいた。

プリンセスがスカートを脱いだときには、キャサリンはもう筆を持って描きはじめていた。いつもパンティーだけは脱ぐのをためらったが、キャサリンがちょっとよそ見をしたり目をつぶるふりをする間になくなっていた。

「じゃ、はじめるわよ」 ベランダに敷いた真っ白なシーツのうえに横になったプリンセスにむかってキャサリンが言った。プリンセスは通りすがりの人に見られないように、手すりより低いところに横たわるのが好きだった。

キャサリンはいつかそのうちプリンセスが裸のまま浜辺を歩きながら波とセックスをする場面を描きたいと思っていたが、とりあえず今はベランダの手すりに隠れた裸でもじゅうぶんだった。

「うん、悪くないわ。力を抜いて。自分のベッドに寝ころんでいるとでも思って」 そう言いながら、キャサリンは鉛筆を素早く動かしてプリンセスの白い胸の輪郭を描いた。

しかし、太陽の強い日差しがプリンセスの大事な部分に差し込んでいたので、彼女はリラックスする気分にはとてもなれなかった。

「わたしが言ったことをよく思い出して。あなたの名前は絶対に出さないし、この村の人は誰一人この絵を見ることもないから」 キャサリンは言った。

プリンセスはこの言葉を聞いていくぶん気が楽になった。

「いつかあなたの孫たちがフランスの美術館に行って、そこであなたの美しい姿を見ることになるのよ」 キャサリンは興奮して言った。

自分の身体がとくに美しいなんてプリンセスは思っていなかった。事実、彼女の身体は他のみんなと代わり映えしなかった。一つだけ違っていたのは、彼女がすすんで裸になるのが好きなことだった。死んで埋められたら、誰に見られても平気だと彼女は思っていた。それを決めるのはキャサリンと神さまだけだった。キャサリンがビルロゼの人びとに見せさえしなければ、プリンセスは満足だった。

キャサリンはプリンセスを描いているそぶりすら見せなかった。じゅうぶんに描いたら、そそくさとキャンバスをまとめて、パリかグアデループに持ち去ってくれるはずだ。

一瞬キャサリンは筆を休めて、氷の入ったラム酒に手を伸ばした。プリンセスにもすすめたが、彼女は首を横に振った。一口でも口にしようものなら、その匂いで村中に何をしてたかがばれてしまう。

「フランスにいた頃、わたしもよくモデルをしたわ。絵画学校のクラスでね。そうやって生活費を稼いでいたのよ」そう言うと、キャサリンはベランダの手すりにもたれて、ゆっくりとラム酒を口に含んだ。

「どんな感じだった？」透明のラム酒のグラスに反射するまぶしい太陽の光に目を細めながら、プリンセスは尋ねた。

「そりゃあ、たいへんだったわ。ちょうどいまのあなたのようにね。人間の身体はとても複雑で、簡単には描写できないものなの。うまく描写するには、その人をよく知らないとだめ。だから一度よく知ってしまうと、もう手放せないのよ」

キャサリンはふたたび肘当てを拾い上げた。プリンセスは黙って横になった。一匹のハエが鼻の頭にとまった。彼女はあわてて追い払った。プリンセスの髪の毛からココナッツのポマードが一滴、床のうえの真っ白なシーツにぽたりと落ちた。そのしみは、まるで生理のときに服のお尻のところに着く血のようだった。

「同じ顔は二つとないわ」「顔のなかで目が一番刺激的で魅力的な部分ね」キャサリンはそう言って、前後に激しく手首を動かした。白いキャンバスのざらざらした表面を削っているかのように、鉛筆が静かに擦れる音が続いた。

「じゃ、口は?」プリンセスが聞いた。

「もちろん口も大切よ。顔の表情はくちびるで決まるんですもの」

プリンセスはわざと大げさに真一文字に結んだ口をとんがらせて見せた。

「こんなふうに?」そう言って、くすくす笑った。

「そのとおり」キャサリンも笑った。

一段落すると、キャサリンは肘当てをはずした。そして言った。「さあ、もう帰っていいわよ」

プリンセスは素早く服を着た。キャサリンはプリンセスの手に二グルド握らせると、頬に二回キスをした。

プリンセスは急いで階段を駆け降りた。そして村へ続くガタガタ道まで歩きつづけた。

❖

日が暮れようとしていた。土埃を上げて、一台のジープが通り過ぎた。

誰かが闘鶏場で太鼓をたたいている。執拗に繰り返すそのリズムに合わせて、コンク貝や角笛の音色も聞こえていた。

一人の男がその日の午後の闘いに破れて死んだ鶏を土に埋めながら泣いていた。「アーメン！」男はそう唱えると、夜空の星に向かって歌を歌い、道端に掘られた小さな穴のなかに死骸を入れた。まるでそれに応えるように、流れ星が一つ、丘のかなたへと消えていった。

「あの鶏は食えたのに！　今夜にでも掘り起こして、日曜にばあさんと食ってやる。なんてもったいないことしやがるんだ！」　酔いどれた例の老人が男に食ってかかった。

「おれはこの鶏を親父に返してやりたいんだ。去年親父からもらった鶏だから」　悲しげな顔をした男も大声で叫び返した。

「おまえの親父さんはもうとっくに死んでるんだ、このばかたれ」　酔いどれ老人の悪態はなおも続いた。

「いいや、この鶏は親父に返すんだ」

老人は菜っぱの入ったラム酒の瓶を抱えて、塀のそばにまだすわっていた。

「ああ、なんてついてるんだ。今日お嬢ちゃんと会うのは、二回目だね」　プリンセスが通りかかったとき、老人が声をかけた。

「そう、今日二回目」　プリンセスは答えた。風が彼女のスカートのなかを吹き抜けた。

人間の身体は本当に複雑だ。プリンセスはそうキャサリンから学んだ。いい絵なら、この老人の姿形だけでなく、心や性格までも描き出すことだろう。複雑な色を重ねて描くか、一本の線で描くデッサンか、それは描き手の腕次第である。キャサリンのもとを訪れるたび、プリンセスは何か新しいことを学ぶのだった。

❖

次の日、キャサリンは服を着せたままでプリンセスを浜辺の石のうえにすわらせた。波が立てる白い泡につま先をくすぐられながら、プリンセスは肌が徐々に焼かれていくのを見ていた。

『光あれ』神様は最初にこうおっしゃった」激しい午後の光を描こうと忙しく刷毛(ハケ)を動かしながら、キャサリンはつぶやいた。「光がなければ、何もないことになるのよ。そんなことならいっそ目が見えないほうがましだわ。光も色も、何もない世界」

しばらくはキャサリンは、プリンセス自身ではなく彼女が腰を下ろしている岩や砂浜を描きつづけた。ひたすら主人公を描くタイミングを計っていたのだ。それはもしかすると日が暮れてからのことかもしれない。あるいはその次の日に、太陽の位置が少し高かったり低かったりして、背景の海の色が微妙に変化したなかで描くのかもしれない。

「あなたの肌に光が反射してまぶしいわ。黒い色はすべての色を吸収するって言うでしょ。完全に取り込んでしまって何も戻さないってね。でも、それは間違ってるわ。そう思わない?」

「もちろんですとも」プリンセスはうなずいた。キャサリンは専門家だ。彼女の言うことに間違いはない。

キャサリンは話しつづけた。「黒い肌の色は絵を引き立てるわ。あなた、いままで自分が物事を変えられるとか、逆に物事で自分が変わるなんてこと、考えたことある?」

「つまり?」プリンセスは聞き返した。

「たとえば人間のような小さなものが、この宇宙のなかのもっと大きなものを変えられるかどうかってこと」

それから数日たって、プリンセスはキャサリンの寝室の揺り椅子に腰をかけていた。両手には赤い大きなロウソクを持っていた。窓の黒いカーテンが午後の日差しをさえぎっていた。しばらくすると、溶けたロウがじっとすわっているプリンセスの手にたれ落ちた。

「パリで絵を始めたころね、わたしは画家の男の人と一緒に暮らしていたの。もし画家になりたいなら、彼が持っていたコツコツ音のする大きなブーツを履きなさいというのが口癖だった。わたしにはいい先生だった。その彼がきのうなくなったの」薄暗がりのなかでキャサリンはプリンセスに静かに言った。

「お気の毒に」そう言いながらも、プリンセスはキャサリンがさほど悲しい目をしていないのを見てとった。

「いいのよ。歳もとっていたし、病気がちだったから」キャサリンは答えた。

「で、そのブーツを履いた感じはどうだったの？」プリンセスが聞いた。

「やっぱり、そっちのほうが興味あるわよね」キャサリンは微笑んだ。

「ごめんなさい。ちょっと不謹慎だった？」

「履けと言われるたびに、どこかで自慰行為（オナニー）でもしてきたらって返したものよ。でも、彼が旅行でいないときは必ずブーツを履いてた。毎日、どこへ行くときも。町でも公園でも、肉屋へ行くときだって。自分のものになるまで履きつづけたの」

翌日、キャサリンを訪ねたとき、彼女は絵を描こうとしなかった。代わりに二人でベランダにすわって、キャサリンはラム酒を飲んだ。
「あなたのことを聞かせてよ。いま、空の色は何色だと思う？」キャサリンは聞いた。
空を見上げると、そこにはハイチらしい色の空が広がっていた。
「青だと思うわ。でも、そうね、洗濯のときに使うせっけんみたいな藍色かも」プリンセスは言った。

「ここにはほんとにいろんな色があるのね。せっけんの色でさえも」

❖

次の日の午後、キャサリンを訪ねたが留守だった。プリンセスは外でずっと待っていたが、そのうちに日が暮れてきた。結局、待つことを止めて浜辺に下りていった。空には満天に星が輝いていた。

遠くのほうでは、空と海が交わっていた。それはまるで二人の男女がくちびるを重ね合わせているような光景だった。その瞬間、プリンセスは思った。この景色が絵に描けたならどんなにすてきだろう。夜空の満月と星々は、あたかも小さな天使がしたを見下ろしながらウィンクしているようにキラキラと輝き、人は誰もそのパレードには気づかない。キャサリンがいつも言ってた光と色、形と模様で描けたらどれほどすばらしいことか。

❖

プリンセスはその次の日もキャサリンの家にやって来たが、彼女は留守だった。足が痛くなるまで、少なくとも三〇回以上は家のまわりを歩きつづけた。そして、また暗くなるまでずっと空を眺めていた。足下に転がっていた小さなコンク貝を拾い上げ、声を吹き込むように歌いはじめた。

貝殻からこぼれ落ちる歌声は遠くの船に助けを求めるうめき声のようだったが、プリンセスはその音を絵で描きたかった。かかとのめりこんだ砂の肌ざわりも、手でつぶす乾いたカニの甲羅の手ざわりも、みんな絵にしたいと思った。できれば自分自身も描きたかったけれど、そのときはもっと背を高くして、髪の毛も黒い人魚のようにもっとカールをつけよう。長い間離ればなれになっていた恋人同士のように、空と海が互いに出会うのはいったいどこなのか、プリンセスは知りたくてたまらなかった。

彼女はコンク貝を手に彷徨い歩いていたが、ふとした拍子に貝殻のとがった角で指を切ってしまった。血がしたたり落ちた。血は瞬く間に下着へとしみ込んでいった。プリンセスは砂のうえにすわって、真っ白な下着についた赤い点をじっと眺めていた。そして、まだ汚れていないところにはどんな赤いしみができるか考えていた。

一週間後、キャサリンは帰ってきた。プリンセスが訪ねていったとき、彼女は黒いガウンをまとい、いつもの椅子に腰かけて浜辺で雑誌を読んでいた。

「マダム」プリンセスはキャサリンに駆け寄った。

「ごめんなさい。パリに行ってたの」

キャサリンはそう言うと、雑誌を丸めて家のほうへ歩きはじめた。

プリンセスが予感していたとおり、部屋にあった絵は全部なくなっていた。キャサリンはプリンセスに氷入りのラム酒をすすめた。今度は迷わなかった。帰りにミントの葉っぱでも噛んでごまかせばいいのだから。

キャサリンはプリンセスの下着についた血のしみがプリンセスのものだとは気づかなかった。キャサリン自身が生理のときにはいた下着をそのままプリンセスがはいていたからだ。キャサリンは最近の作品を数枚はさんだデッサン入れから、プリンセスが浜辺で両手にロウソクを持って寝ころんでいる小さな絵を取り出した。そして、言った。

「パリに行ってたとき、急に描きたくなってね。これ、あげるわ」

プリンセスはじっとその絵に見入った。すぐに自分だとはわからなかったが、やがて顔や目や胸がよく似ていることに気づいた。

しばらく眺めたあと、プリンセスはまるで赤ん坊を抱くように絵を抱え上げた。キャサリンに絵をもらったのは、そのときがはじめてだった。自分の存在がある一つの物に命を吹き込むことになったのだと思うと満足だった。

「わたしがいつも履いていたあのブーツの持ち主のね、お墓にお参りしようとパリへ行ったの。お葬式に行けなかったので、せめてどこに眠っているのかだけでも知っておきたかったのよ」とキャサリンは言いながら、何かを取り出した。

それは二枚のTシャツだった。一枚はポンピドゥーセンター、もう一枚はいつかキャサリンが自分の絵を飾ってほしいと思っているある美術館で買ったものだった。

「パリに行くことを知らせたかったのよ、ほんとは。でも飛行機に乗り込む最後の最後まで迷っていたから言えなかったの」キャサリンはすまなさそうに言った。

プリンセスはキャサリンの横にすわり、絵を抱いていた。見ているうちに、だんだんと絵に親しみが湧いてきた。たしかに、それは再生された自分だった。

その瞬間、これだ、とプリンセスは思った。どうして自分が絵を描きたくなったのか。それは、自分が死んだあとも何かを残したいから。他の誰でもない、この自分が見て感じた最色を絵に閉じ込めておきたかったからだ、と。あのすばらしい空はプリンセスが生まれる前からずっとああだったし、星も雲もずっとそうありつづけることだろう。砂もコンク貝も、波の音とともにずっとそこにあるにちがいない。変わるのは、それを見てそれに触れた人びとの顔だけ。いまのプリンセスの顔も、もう数年前とはちがうし、数年後にはまた変わっているはずだから。

❖

その日の午後、もう二度とやって来ない過去の自分を閉じ込めたシロモノを小脇に抱えながら、闘鶏場の横を通り過ぎようとしたとき、一人の男が真っ赤に染まった鶏の顔に黒い布をかぶせて出てくるのに出くわした。男がラム酒をプーッと霧状に吹きかけても、鶏は死んだようにぴくりともしなかった。したたり落ちた血が数滴地面に吸い込まれた。

フェンスの横で、またあの酔っ払いの老人が何かぶつぶつうめくように歌っていた。プリンセスはこのときまで老人が歌うのを一度も聞いたことがなかったが、その悲しげな歌声はどこかコンク貝の響きに似ていた。

「おれはほんとうについている。またお嬢さんに会えたんだから」老人が言った。

「そうね、二回目ね」プリンセスは答えた。

老人はいつものように両足を草むらのなかにしっかりと食い込ませ、連れもどしにやってくる老女が近づくのを待っていた。

プリンセスは絵を抱いて、少し離れたところから二人を見ていた。そして木のしたにすわって、地面にその老夫婦の絵を描きはじめた。まず老人を描き、そのうえに、頭にかごを載せた老女がまるでその重さを忘れバレリーナのように軽やかに踊っている姿を描いたのだった。

そこまで描き終わると、プリンセスは立ち上がり歩きはじめた。二人の顔は、また今度じっくり見て描こうと空いたままだった。

闘鶏場では、また闘いが始まっていた。

「やっちまえ！　殺せ！　首をもいでやれ！　さあ、はやく！」男たちの声が響いていた。

昼の女（ニューヨークにて）

New York Day Women

わたしはいま、マンハッタンを歩きながら母のあとをつけている。母は楽しそうに歩いている。マジソン街と五七丁目の角をイエローキャブが四五度の角度で急ターンして曲がっていく。母は横断者用の赤信号に向かって身体を乗り出す。

シャネルやティファニーやブルガリが軒を連ね、ショーウィンドーからは高価な宝石がまばゆいばかりの輝きを放っている。こんなにぎやかな場所に一緒に来たことなど一度もなかった。母はブルックリン以外で買物をすることはなかったから。もちろん、わたしが働く広告会社に来たこともない。地下鉄に乗るのも恐がる。若い黒人のえせ牧師が、狂ったようにストレートパーマの黒人女を責め立てる光景に出くわすのが嫌だからだ。

そんな母がいまわたしの目の前にいる。けさ家を出るとき、母はまだバスローブのまま小さな新聞紙を小さく丸めたものに髪の毛を巻いていた。時間がないと家を飛び出すわたしを叱りながら。

おまえは地下鉄で年寄りに席をゆずるかい？　きっと妊婦にだってゆずりはしないだろうね。

◆

母はなかなか鋭いところがある。たまにはわたしだって席をゆずることはある。でも、ゆずらないことも多い。その女性のおなかがどれだけ大きいかとか、夫が近くにいるか、その夫がすわっているかどうかでもちがってくる。

母がカーネギーホールの前で信号待ちで立っていたときのことだ。あるタクシーの運転手が別の運転手に向かって叫んだ。「おい、ここをどこだと思ってるんだ？　フラフラ走ってるんじゃねえぞ！」

横断歩道をふさいだ二台のタクシーを目の前にして、母はこのけんかが止むまでじっと待たねばならなかった

◆

ハイチで車にはねられたらどうなると思う？　運転手があわてて飛び出してきて、「よくもバンパーを血で汚しやがったな」と蹴りの一発でも入れられるのが落ちさ。

この話をするとき、母は決まって大口を開けて笑う。もう歯は数本しか残ってない。母、五十九才。入れ歯でも平気と彼女は言う。

❖

嫌なときは外せばいいだけ。わたしは入れ歯が好き。とっても好き。

❖

父さんにキスされたとき、頭のなかは真っ白になる？

❖

とんでもない！　父さんにそんな熱烈なキスをする力が残ってるもんかい！

❖

宝くじを買ったこともないのに、毎晩一一チャンネルの抽選番組を欠かさずに見る母。

◆

あのお金の三分の一でいいから、もらえればねえ。そうすれば借金を返すことができるし、父さんもタクシーでブルックリン中を走り回らなくても済むからね。

◆

わたしは取りつかれたように母のあとを追う。派手な花柄を着た母が、ピンストライプやグレーのスーツやハイヒール、スポーティーなショーツやリーボックシューズのなかにまぎれては消えそうになる。

けっして外では夕食を食べようとしない母。

◆

もし誰かがわたしと夕食を一緒にしたいなら、家に来ればいいのよ。お湯の一杯でも沸かしてあげるから。

鶏の皮をむくとき、独り言をいう母。

そうそう、この脂肪とコレステロール。こいつらがエミンおばさんを殺した犯人!

❖ ❖ ❖

母は乾燥させたグレープフルーツでジャムを作り、そのなかにシナモンの皮を入れる。わたしはいつも、なんだかゴキブリが入っているような気がして嫌だった。母の誕生日には、わたしは必ず台所用品をプレゼントしていた。炊飯器やミキサーなんかを。

わたしは母の洋服に浮かび上がった真っ赤なランの花のあとを追う。追跡に疲れては、ときどき壁にもたれて休憩する。でも、母は相変わらずに歩道を蹴って進む。

母がプラザホテルのほうを向いた瞬間、危うくメッセンジャーボーイの自転車とぶつかりそうになった。わたしは思わず駆け寄りたかったが、彼女はピタリと立ち止まり、自転車をやり過ごしてから、何ごともなかったようにまた歩きだした。
そして、角のホットドッグの売店で何かを注文した。店員はソーダの缶を出してきて、母はそれをバッグのなかに入れた。今度は二ドルでTシャツを売っている店の前で立ち止まった。きっとわたしのためにアフリカ調のシャツを見ているにちがいない。わたしは心のなかで叫ぶ。
「ねえ、母さん！　お願いだから、もうそんなシャツは買わないで！　どうせタンスの奥にしまい込むか、チャリティーに出すのが落ちなんだから」

❖

ハイチには服も買えずに困っている人がたくさんいるというのに、どうしてチャリティーになんか出すんだい？　ハイチの親戚に送ってあげなきゃ。

❖

ハイチの親戚に送るためだと言って、もう二〇年もいろんなものをガレージにため込んできた母。わたしはエクササイズ用のエアロバイクをなかに置きたいのに。

それ以上痩せなくったって、おまえはじゅうぶんにきれいだよ。スチュワーデスにだってなれるくらいさ。骨が好きなのは犬くらいなもんだよ。

❖

そんな母がまた別のホットドッグの店に立ち寄った。彼女はホットドッグを一つ買って、歩道に立って食べている。母さんがホットドッグを食べるなんて！　血圧が高いんだから塩分の濃いものはひかえなきゃいけないのに。心臓だって弱いんだから。

❖

塩を丸呑みするなんて！　いままで数えきれない恥を呑み込んできたけど、塩はさすがのわたしにも無理だね。

❖

母が少しペースを落としはじめたので、わたしは彼女に近寄りすぎることになった。いま後を振り向かれたら、気づかれてしまう。ちょっと待ってから、またあとをつけよう。

母は公園に入っていった。中央の砂場では女性が子どもと一緒に立っていた。彼女はレオタードのうえにバイカーズパンツをはき、両手に小さなダンベルを持っている。彼女は子どもにお別れのキスをして、その子を母に引き渡す。そして、解き放たれたように、公園のアスファルトを蹴って走りだした。

その縮れ毛の子は、もう何年も前から母を知っているように、そそくさと彼女と手をつないだ。そして空でも見上げるように、わたしの母の顔を見上げた。

母はバッグに入れてあったソーダを子どもに手渡す。缶にストローを差してやると、その子は見る見るうれしそうな顔になっていく。まるで二人だけの秘密を楽しんでいるかのようだ。

その子と一緒に、母はほかの子どもらが砂場で遊ぶのを見ている。そのうち、その子はビッグバードの絵のついたナップザックから漫画の本を取り出した。ページをのぞき込む母。学校にも行かせてもらえず、兄たちの教科書をこっそり見ては独学で字を覚えた母。

姉や妹を失っても、身体が弱くて葬式にすら帰れなかった。七人の姉妹のうち六人はもうこの世にいない。

ハイチに帰れば、キスをして回らねばならない墓がたくさんある。本当にたくさんあるんだよ。

❖

母は空っぽになったソーダの缶をごみ箱に捨てる。一時間後、レオタードの夫人が息を切らして帰ってくるのをわたしは物陰でじっと待つ。母は彼女に子どもを返すと、公園のなかを歩きだした。

わたしは身体の向きを変え、母に気づかれる前に公園を出た。昼休みの時間はもうとっくに過ぎている。急いで仕事にもどらないと。わたしはジョギングをしている人の群れを抜け、スウェーデン観光のバスの陰から母の姿を探す。彼女は輪になって話す子連れの女性たちのなかにいた。まるで発展途上国の父母会のような光景だった。

わたしはタクシーに飛び乗った。もし母がわたしに気づいたなら、声をかけてきただろうか？

タクシーが公園から違のくにつれて、ある考えが脳裏をよぎった。そのうちに、母とはまったく別人の老女を追いかけてマンハッタン中をうろつくはめになるのではないだろうか、と。

昼の女は、誰も期待していないときにひょっこり現れるのさ。

今晩地下鉄に乗ったら、妊婦にも老人にも席をゆずろう。

わたしにちなんでスゼットと名付けた人形を繕うとき、ディズィー・ガレスピーのトランペットだといって指貫きを口にくわえておどける母。

おまえに子どもができなかったときのために、この人形を作るんだよ。最近、ますますそうなりそうな気がしてきたよ。

キリストが十字架にかかったのと同じ三十三のときに、わたしを身ごもった母。

❖

本当にうれしかった。かりにそのとき、アメリカ人のドクターが産めば障害児になるかもしれないと言ったとしても、きっとわたしは産んでいただろうよ。

❖

洗濯のついでに、わたしの会社のソフトボールチームのユニフォームに勝手にレースの襟を継い付けてしまう母。

❖

何がいけないんだい？　女の子のチームなのに。

❖

ＰＴＡの会合には一度も出なかった母。

おまえは心配いらないもの。教師の言うことぐらい、だいたい見当はつくよ。こんな日雇いの母親がのこのこ出ていって、おまえに恥をかかせたくなかったのさ。恥を呑み込むのは何百袋の塩を呑むよりつらいことだからね。

キャロラインの結婚式

Caroline's Wedding

❖
❖
❖

九月の涼しい日だった。もらったばかりの帰化証明書を手に、わたしはブルックリンの裁判所を出た。出たとたん、思い出したように母のもとへ駆けつけたくなった。わたしは家路を急いだ。

どうしても待ちきれなくて、途中のマクドナルドであわただしく受話器を取った。

「母さん、きょうからアメリカ人よ!」わたしは大声で叫んだ。

電話口から母が手をたたく音が聞こえた。小さいとき、わたしとキャロラインがいいことをしたらいつもそうしてくれたように。

「ここに証明書があるわ。立派なものよ。大きさは卒業証書みたいで、金のシールがはってあるの。したには偉い人のサインがしてあるわ。帰ったら、額に入れてね」わたしは一気にまくしたてた。

「パスポート。パスポートだよ。すぐに郵便局に行ってパスポートを交付してもらうんだよ」

母のハイチなまりのクレオールが聞こえた。

「でも、先に母さんに見てもらいたいのに」

「だめだめ。すぐに郵便局に行きな。証明書はあとでだって見られるんだから。パスポートをもらってはじめてアメリカ人になるんだよ。さあ、早くお行き」

郵便局はフラットブッシュ通りにあった。パスポートを申請するために、例の証明書を一時的に提出しなければならなかった。証明書を手渡したとき、わたしは急に心細くなった。母は以前違法移民として警察に捕まり、三日間監獄暮らしをした経験がある。妹のキャロラインを身ごもって三ヵ月目のことだった。一分でも早くパスポートを手に入れるよう強くすすめるのはそのためだ。

八番のバスを降りると、わたしは一目散に駆け出した。まわりの木々は近づきつつある秋を敏感に感じ取り、木の葉は早くも薄茶色に色づきはじめていた。

玄関を入り、居間を抜け台所に着くまで、興奮を抑えるのに必死だった。

母はポットをかけたストーブに寄りかかり、鼻歌を歌っていた。

「パスポートは一ヵ月かそこらでできるそうよ」わたしは母に見せようと思って取った証明書のコピーを開きながら言った。

何かとんでもない宝物でも見るように、母はコピーをじっとのぞき込んだ。

「きょうはおいしいスープでお祝いだね。いますぐ作るからね」母はうれしさを噛み締めているようだった。

ストーブのうえでは牛の骨がぐらぐらぐらと煮えていた。

このスープはどんな病気でも治せると母は信じていた。それどころか、何か奇跡さえ起こせると思っていた。たとえば、キャロラインがバハマ人のフィアンセのエリックと別れるという奇跡さえも。何しろキャロラインがエリックと婚約したと家族に告げて以来、牛の骨スープが食卓にのぼらなかった日はなかったのだから。

「このスープ、飲んだことある?」わたしは部屋から出てきたキャロラインに、わざと意地悪な質問をした。

「ほんとに頭にくるのよねえ、このスープ」わたしの耳元でそう小さくささやくと、妹は台所の水道の蛇口をひねった。

妹は生まれつき左の肘から先がない。肘の先端は、握手をするとマシュマロのように柔らかくしぼむ。警察に捕まったとき、母は一晩中鎮静剤をうたれたらしい。妹の手がこうなったのはそのせいだと母は信じている。でも、まだ左手だけですんでよかった。生まれて来れなかったかもしれないのだから。

「さあ、スープができたよ」　母の声がした。

「これ以上母さんがスープを作りつづけるなら、わたし、煮え立つポットの湯のなかに頭を突っ込んで自殺する」

　母にとって、キャロラインが家を出る準備をするのを見るのはつらいことだった。食事を作ってやる以外、してやれることなど何もなかったからだ。

「母さん、こんなに毎晩毎晩牛のスープを飲んでると、きっとそのうち角が生えてくるわよ」キャロラインは過酸化水素で銅色に脱色し、薬品で真っすぐにした髪の毛を櫛(くし)でときながら、冗談半分に言った。

「おまえは自分をアメリカ人以上にアメリカ人らしいと思っているんだろうね。自分らしさということがまるでわかっちゃいない。どっちつかずの悲劇だね」と母がやり返す。

「ここにもう一人アメリカ人がいるわよ」　わたしは妹に負けじと割り込んだ。

「おめでとう。愛してるわ、姉さん」

　キャロラインはもともとアメリカ生まれだから、わたしが帰化できたことをさほど大したこととは受けとめていないようだった。

その日の夜遅く、キャロラインが寝入ったのを確かめると母はわたしを部屋へ呼んだ。部屋は父が生きていた頃と同じだった。大きなベッドの向かいには赤茶色の鏡台があり、鏡には静かに話すわたしたち二人の姿があった。

クローゼットには古ぼけたスーツケースが無造作に積み上げられていた。そのうちのいくつかは二五年前にハイチを出たときのものだ。そのあまりの数に、クローゼットの扉は少し開いたまま完全には閉じられていない。

「あの子ったら、スープを全部飲んだよ」母は服を脱ぎながら言った。「いつもスープの悪口を言ってるくせにね」

「母さん、キャロラインはもう子どもじゃないわ」

「飲んでくれなくてもいいのに」

「あの子だって、母さんを喜ばせたいのよ」

「ほんとうにわたしを喜ばせたいなら、もっと他にすることがあるだろうに」

「一緒になる相手を選ぶ権利はあの子にもあるはずだわ。母さんには口をはさめないことよ」

「あの子にいい人なんか見つかるわけないだろ。おまえにだって……」母は悲しそうにわたしを見た。

「キャロラインはもう決めたのよ。好きな人と結婚するのだから」とわたし。

「あの子にはハイチ人と結婚する気が全然ないじゃないか」と母。

「ハイチ人と結婚しなかったからと言って、この世が終わるわけじゃないでしょ」

「うちの家系にはハイチ人以外と結婚した者は一人もいない。それにはちゃんと理由があるんだよ」

「何よ、それ？　母さんだってエリックのことをよく知っているでしょ？　彼の存在はどうなるの？」

「キャロラインは末っ子だから、まだまだ一人前じゃないのさ」

「だったら、お尻ペンペンでもしてやれば？」わたしはおどけて見せた。

「おまえのおばあちゃんは、母さんがおまえより年上になってもまだお仕置きをしたもんさ」と母が言った。「ところで、母さんが父さんのお嫁さんにどうやってなったか、おまえは知ってるかい？　まず父さんのお父さんが母さんのお父さんに手紙を書いて、その次の日曜の午後、ピンクとグリーンのハンカチに手紙を包んで、うちにやって来たんだ。ピンクは恋、グリーンは希望の色、幸運の色だった。だから、うまく行くようにその色のハンカチにプロポーズの手紙を大事そうに包んで持ってきてくれたのさ。母さんのお父さんは自分では見もせずに、近所の人に大声で代読してもらった。手紙には、うちの息子がお宅の娘さんをぜひ嫁にしたいと願っています、とかなんとか書いてあった。手紙が読まれている間、父さんとわたしはずっと黙ってすわってるだけ。しばらくして、母さんのお父さんが父さんに席を外すように言った。身内で話をするからってね」

「それで、母さんの気持ちは言えたの？」答えはわかっていたが、知らぬふりをしてわたしは聞いた。

「もちろん。わたしは父さんが好きで好きでたまらなかったけど、それほどでもないふりをしたのさ。両親に結婚したいかって聞かれて、母さん、別にしてあげてもいいって答えた。でも、顔に書いてあったみたいだよ。父さんが死ぬほど好きです、ってね」

「でも、その前に母さんは父さんと結婚の話をしていたんでしょう？　おじいちゃん同士が来る前に」

「ああ、してたよ。あんたたち若い娘がいうデートってやつをしていたからね。父さんがうちに来たり、わたしが父さんの家に行ったり。映画にもよく行った。でも、結婚の申し込みは別。

きちんとした手はずが必要だったんだよ」

「もし、そのときおじいちゃんがだめだと言ってたとしたら？」わたしは尋ねた。

「娘がいる家でも、いつか悪魔と晩餐をしなければならない日が必ずやって来るものさ。母さんがどこの誰を連れてくるかわからないってことは、さすがに両親も覚悟していたんだね。だから反対はしなかっただろうよ」

「それでも、もしだめだと言われたらどうしたと思う？」わたしはしつこく繰り返した。

「どうやってでも結婚してただろうね。引かれ合う心を引き離すことは誰にもできないのだから」母は遠くを見つめながら答えた。

キャロラインもまた、母が好むと好まざるにかかわらず結婚するのだ。その夜、母の顔を見ていて、わたしははじめてそのことを実感した。シーツをめくって、ベッドに滑り込む母が、この世にほかに頼る人のない孤独な存在に思えてきた。二人の娘がいることなど、どこかに吹き飛んでいた。

「鳥じゃないんだから。子どもを巣から蹴り出せば済むってもんじゃないだろ」そう言って、母は枕に頭を沈めた。

❖

部屋に戻ると、まだキャロラインは起きていた。

「またあの話？　よくまあ飽きもしないで」とキャロライン。

「六年も毎晩同じスープを作ってきた人よ。飽きるわけないでしょ。で、どうするの？」とわたし。

「母さんは折れてくれるはずだわ。きっとそうよ」キャロラインは思いつめたように言った。

わたしたちは真っ暗な部屋のなかで向かい合って、小さいときに母さんが教えてくれた連想ゲームをして遊んだ。

「あなたはだれ？」キャロラインが聞いた。

「わたしは夜のみなしご」

「どこから来たの？」

「失われた石のなかから」

「あなたの目はどこ？」

「頭の後になくなってしまったの。そこならわたしをいちばんよく守れるからって」

「あなたのお母さんは？」

「それはすべての失われし母」

「お父さんは？」

「それはすべての失われし父」

ときには、こんな限りのない質問と答えを明け方まで繰り返すこともあった。とにかくキーワードをどの文章にもかならず入れるというのがルールだった。母さんも小さいときにこの遊びをよくやったらしい。母の母、つまり祖母は、なんでもビルロゼの女性秘密結社のメンバーで、互いの家を訪ねるときにはこんなまじないのような問答を繰り返していたという。女たちの集会は夜おそくまで続いた。たまたま母の家が会場になったときは、母はねぼけまなこでずっと女たちの話し声に耳を傾けたそうだ。

「ああ、いま思い出したんだけどねえ」急に戸口で声がした。「今度の日曜日、セント・アグネス教会で亡くなった亡命夫人のミサがあるんだよ。ねえ、おまえたちも行くだろう？」

「この家の住人はだれも寝ないの？」キャロラインが呆れたように言った。

わたしは行くと思うけど、妹はたぶん……。

死者の弔いはどこでもいつも地味なものだ。教会のなかは空席が目立ち、中年の女が数人いるだけだった。

わたしはキリスト像の前で十字を切った。その実物大の木の像は高い祭壇からわたしたちを見下ろしていた。天井のシャンデリアとステンドグラスがまばゆい輝きを放っているほかは、全体にぼんやりとしていた。その一角に、母はひざまずいていた。十字架の首飾りを握り締め、目をつむって一心に祈りを捧げていた。

長い間、教会でのミサはハイチ出身者の憩いの場としての役割も果たしてきた。ロウソクを持った聖歌隊の少年たちが、隊列を組んで廊下を歩いてくる。母はまるでパレードでも見るかのような目で彼らを見る。後では女たちが世間話に花を咲かせている。耳をすませば、ハイチを出て行ったとたん性悪になったという女の噂話だった。

「ニューヨークに住むハイチ女は、一日に八時間も白人男のために働いているっていうじゃないか。自分の子をあやす時間すらないんだよ」参列者の一人が、亡くなった女性を悼むように言った。

祭壇からはまるで死の行進に招くような低い太鼓の音が聞こえていた。聖歌隊の隊列のいちばん最後に、黒い装束をまとった司祭が現れた。司祭は祭壇に上り、小さな本のようなものを読みはじめた。

母は深々と頭をさげた。

「われわれはアフリカ人奴隷という忌まわしい過去を逃れるために、こんなに遠くの地までやってきました。風と波の恩恵で、どうにか無事この新大陸にたどり着いたのです。束の間の客であり流浪の民でもある皆さんを心から歓迎いたします」落ち着いたクレオール語で司祭の説教が始まった。

わたしたちも一斉にそれに答えた。「歓迎します」

聖歌隊の少年たちは司祭のまわりに立ち、その週に難破した難民船の犠牲者一二九人の名前がすべて読み上げられるまでじっと待っていた。名前は尽きることなく、その数を重ねていった。心臓が張り裂けそうだった。そのうちの何人かには実際に会ったことがあると思うと、いたたまれなくなった。

名前が呼ばれるたび、あちこちから嗚咽が漏れてきた。ときには大声でわっと泣き崩れる人もいた。

ある男性の名前が呼ばれた直後のことだった。あまりにも感情が高ぶったせいだろう、最前列の女性が痙攣を起こした。四人がかりで押さえつけ、何とか落ち着かせることができた。

名前をすべて読み終えると、司祭は静かに言った。「きょうは特別に名前のわからないある女性のために祈りを捧げたいと思います。そのうら若き女性はハイチから難民船に乗り込んだとき、すでに妊娠しておりました。彼女は船上で子どもを産みました。しかし、悲しいことにその子は生まれてすぐ息をひきとりました。悲しみのあまり、女性は死んだ赤ん坊と一緒に海に身を投げたのです」

教会には母の出身地であるハイチのビルロゼの人びとも何人かいた。彼らは皆一様に、奴隷船から身投げしたアフリカ人奴隷がいまも安らかに眠っている場所が大西洋のどこかにあると信じていた。そして、その奴隷たちは祖先とわれわれの断ち切られた歴史と絆をもう一度つなぎ直す役割を担っていると固く信じていた。

歳をとったハイチの女性が葬式でよくするように、母はミサの間ずっと大きなお腹を革のベルトできつく締めつけていた。

「さあ、あなたが愛し、そして失った人のことを思い浮かべてください」最後に司祭が言った。

ついに堪え切れなくなり、あちこちで悲しみの叫びが上がった。母は突然立ち上がり、出口へと向かった。教会を出た後も、しばらくは人びとの泣き声がわたしの頭のなかで鳴り響いていた。

朝の静けさのなかを、わたしたちはアベニューDを歩いて家路についた。二人とも一言も口をきかなかった。

❖

母とわたしが家にもどったとき、キャロラインはまだ寝ていた。

わたしが行くと、彼女は黒いガウンを足に巻いてベッドのうえに起き上がった。

ベッドの横の椅子のうえにはトランプの束が置いてあった。彼女は片手と口を使ってトランプを器用に操り、一人遊びを始めた。

「ミサはどうだった?」彼女が聞いてきた。

ミサの後、わたしは死人と一緒に長い道のりを歩いたような感覚に襲われることがたびたびあった。

「母さん、泣いてた?」とキャロライン。

「その前に教会を出たわ」

「あまり知り合いがいなかったのかしら？」そう言ったキャロラインの口からトランプが何枚かしたに落ちた。

「ハイチ人はみんな知り合いだって、母さんが言ってたわ」

キャロラインは遊んでいたトランプの束を集めて、ベッドの後の箱の一つに入れた。妹は母を傷つけまいと、少しずつ荷物の整理をしていたのだ。

妹とエリックはふつうの派手な結婚式をするつもりはない。町の教会で仲間だけの式を挙げ、ブルックリンの植物園で写真を数枚撮るぐらいのことしか考えていない。エリックが祝福のキスをして、彼女への贈り物を買いにあちこち連れ歩いてくれるだけでじゅうぶんだった。しかし、母はそうではなかった。教会で盛大な結婚式を挙げてほしいと願っているし、いまだにエリックがバハマ人ではなくハイチ人であったらよかったのに、と悔やみ切れない様子だった。

「ゆうべ、とんでもない夢を見たわ」キャロラインが荷造りをしながら話しはじめた。「それが父さんの夢なのよ」

父が癌で亡くなってもう一〇年近くになる。喪に服すために、わたしたちは一八ヵ月間黒い服しか着なかった。母の教えだった。本来、黒い服のしたには赤い下着をつけることになっていた。しかし、そのとき高校生のわたしとキャロラインがそんな教えを素直に聞くはずもなかった。母の家系では、代々未亡人は死んだ夫の霊が夜迷って出て来ないように、赤い下着をつける決まりになっていた。もしその娘が母親似だったら、娘もまた赤い下着をつけねばならなかった。

むろん母もそうさせようとした。赤は死んだ者の霊が嫌がる血の色だったからだ。

父が亡くなってからしばらくの間、わたしとキャロラインは毎日代わるがわる父の夢を見た。まるで父が順番にわたしたちの夢枕に立っているみたいだった。しかも、夢の内容はまったく同じ。父が砂漠を歩いていて、わたしたちは後を走って追いかけている。でも、背の高い草と深く柔らかい土に足を取られて一向に追いつけない。

夢のことをわたしたちは母には黙っていることにした。二人が赤い下着をつけていないことがばれてしまうからだ。

やがて、父の夢は徐々に様変わりしていった。父が生きていた頃の思い出が夢のなかに次々と現れ、わたしたちはなつかしさをかみしめた。ハイチ時代の父の若い頃の話。アメリカに渡ってからはじめたタクシー運転手の父の姿。夜勤を終えて真夜中に帰宅したあと、寝ていたわたしたちを起こして連れていってくれたアイスクリーム屋やピザ屋やケンタッキー・フライドチキン。楽しかった思い出が走馬灯のように夢に現れては消えていった。

そんな夢を繰り返し見るうち、わたしたちにも黒い服を着る意味がやっとわかったような気がした。黒い服が父の分身に思えてきたのだ。人から「まだ若いのに、どうして喪服なんか着るの？」と聞かれても、「父が亡くなったからです」と胸を張って答えられるようにもなった。

一八ヵ月が過ぎ、わたしたちは黒以外の白や灰色、紺などの服も着られるようになった。でも、まだオレンジや赤などの派手な色は避けねばならなかった。外に赤を着ると、それは喪が明けたことを意味するからだ。

「それで、どんな夢だったの？ ゆうべの父さんの夢」わたしはキャロラインに尋ねた。

「父さんたら、パーティーに出てたの。きれいな女性に取り巻かれて、それは楽しそうだったわ。部屋の様子も豪華で、わたしは入り口から部屋のなかの父さんを見てるの。まるでガラス窓の外から家のなかを眺めるように。でも、父さんはわたしには気づかない。呼んでも、返事をしてくれないの。そのうち、父さんにはわたしが見えないことがわかって、わたしはただじっと父さんを見ているだけ」

そう言うと、キャロラインは荷造り用の箱の一つから一枚の白黒写真を取り出した。それは一九五〇年代にハイチで撮った父の写真だった。当時二十二才だった父は黒いスーツにネクタイ姿で、渋い顔をして正面を睨んでいた。キャロラインはいかにもいとおしそうに、写真の父を眺めた。わたしはガウンをめくり上げて、黒い下着を妹に見せた。父が亡くなって以来、二人ではきつづけた同じ黒の絹の下着だった。キャロラインはふざけてわたしの下着に空いた小さな穴に小指を突っ込んだ。それから、大事そうに父の写真を箱のなかにもどすと、今度は自分の黒い下着をわたしに見せた。

わたしも妹も、母の用意した赤の下着は一度もはいたことがなかった。いつも黒の下着ばかりつけて、父の霊がやって来ることを心待ちにしていた。いまは父への哀悼の意を込めて、黒い下着をはくことにしている。しかし、キャロラインにはまた別の思いがあるにちがいない。ふたたび父が夢枕に立ち、結婚について「おまえは正しい選択をした」と誉めてほしいにちがいないのだ。

「じっと忍耐強く我慢していれば、そのうち蟻のへその穴だって見えてくる」わたしは父が大好きだったハイチの諺を思い出して言った。

すると、キャロラインは「雨がどんなに強く犬の肌に当たっても、そのまだらを洗い流すことはない」と言い返してきた。

「木が枯れると、幽霊は葉っぱを食べる」負けじとわたし。

「死者はいつも間違ったことをする」とキャロラインもしぶとい。

父がよく口癖にしていた古い諺には、必ず何らかの警告が込められていた。隣に住むキューバ人のルイーズさんが、日曜のミサのあとの昼食に親戚を多く招いているようだった。ステレオから大きな音でルンバが流れはじめ、わたしたちの声はほとんど聞こえなくなってしまった。

わたしは目を閉じて、ルイーズさんの庭に集まったキューバ難民の姿を思い浮かべた。彼女の親戚はアメリカに亡命できたのだろうか。わたしたちの両親の親戚は、ほとんどハイチで暮らしているというのに。

ルイーズさんの一族がダンスに興じるのを見たくて、わたしと妹は窓のほうへ身を乗り出した。

「前より痩せたみたい、ルイーズさん」とキャロラインが言った。

「二、三ヵ月前に彼女の一人息子がハバナでハイジャック事件を起こしたのよ。マイアミへ行けって。結局パイロットに撃たれて、死んじゃったそうよ」

「どうしてそんなことまで知ってるの?」キャロラインは驚いた顔をした。

「母さんから聞いたのよ」

小さいとき、日曜日になると、わたしたちはキャロラインの腕が母のおなかのなかからひょっこり出てきてくれることをベッドのなかで祈った。まるで漫画のように、腕が飛び出してくることを真剣に祈ったのだ。そして両腕のそろったキャロラインと二人で、隣のルイーズさんのところに行って、一緒にお祝いのルンバを踊る姿を想像した。しかし、すぐにそれが叶わぬ夢であることがわかると、わたしたちはいつも重苦しい雰囲気に包まれた。

なのに、妹は人前でわざと左腕を出すのが好きだった。大人になっても、相変わらずその癖は治らなかった。言うまでもなくそれを目にした人びとはあわてて平静を装うのだった。途切れたその左手の先には、厚い皮のしたに血管が大きく浮き出ている。ときどきわたしは小指でその感触を確かめた。

「ここを切ったら、すぐにわたし死ねるわね。父さんがよく言ってた。『白い雲の後に隠れれば、ただの鳥も天使に見える』って」

母は台所で日曜のブランチを作っていた。母が作っていたのは、干したニシン入りの分厚いオムレツにゆでたプランタンを添えた定番のメニューだった。
「けさのミサは楽しかったわ。おまえも来ればよかったのに」不自由な腕とあごで器用にオレンジジュースをはさんで飲んでいる妹に母が言った。

「聞いたわ。踊ったんでしょ?」とキャロライン。

「ずいぶん長いこと、二人で話してたね。何の話?」と母。

「まあ、いろいろよ」とわたし。

「母さん、嫉妬してしまうよ」本当に羨ましそうな声だった。

❖

その夜、わたしは夢を見た。ときは一八世紀、場所はフランスのとあるお城の舞踏会。頭上からは大きなシャンデリアがぶらさがり、わたしのまわりにはビロードの仮面をかぶった人が大勢いる。ふと、そのなかの一人が突然仮面をとった。なんと、父だった。

父は仮面をかぶった他の連中と話をしている。誰かがおもしろい冗談を言ったのだろう。彼は腹を抱えて笑っている。次の瞬間、父がわたしのほうを見て微笑んだ。あまりのうれしさに、わたしの目に涙があふれた。

わたしは父に駆け寄ろうとした。でも動けない。足は動いているのだけれど、同じ場所に立ったまま動けないのだ。すると今度は父がウィンクをした。わたしは必死に手を振った。父も手を振ってくれた。まるで父はわたしを焦らしているかのようだった。

いくらあがいても父のそばには行けないことがわかったわたしは、じっと立ったまま彼のほうを眺めることにした。父は生き生きとしていた。そして、何かを言いたそうだった。と突然、父の仮面が床のうえに落ちた。次の瞬間、父は煙のように消えた。同時にわたしの足も動くようになった。わたしは父がいた場所に駆けつけ、落ちていた仮面を拾い上げた。そして、愛しそうに頬摺りをした。

顔を上げると、ふたたび父が現れた。今度は階段のしたで、ベールをかぶった女性たちに取り囲まれている。わたしには背を向けたまま、父は階段を上っていく。そのあとを火のようなピンクのガウンを着た女性たちが続く。

女性たちが立ち止まり、こちらを振り向いた。そして、一人ひとりベールをめくりはじめた。父にぴったりと寄り添っている背の高い女性、驚いたことにそれはキャロラインだった。わたしよりも妹のほうが父に似ていた。というより妹は父にそっくりで、母はよく「身体は二つなのに顔は一つしかない」とからかったものだった。

わたしは大声で叫んだ。「どうしてわたしだけ仲間外れなの？　ねえ、わたしも入れてよ！」

そこで目が覚めた。枕が涙で濡れていた。

その朝、わたしは父から教わったいろんなことを思い出してノートに書き留めた。少なくともわたしが生きている間はそのことを覚えておかねばならないと直観的に思ったからだ。

目を閉じると、いまも父の声が聞こえるような気がする。「朝靄のなか、バナナの木の生い茂ったジャングルを歩いたのを、おまえはきっと覚えているはずだ。故郷からこんなにも離れた見知らぬ土地で暮らしてこれたのも、その記憶があるからなのだよ」

父の手のひらの生命線には、わたしと妹の名前がついていた。父はどんなことでもよく覚えていた。木の枝に寝ていた老人たちの話、ロバの背に乗っていた老婆たちの話、夫がバハマやプエルトリコに出稼ぎに行ったきり帰ってこなくて淋しさのあまり病気になった若妻たちの話、床に敷いた粗末なサトウキビ袋の寝床のうえで、女たちは弔いのロープを腰に巻き夫を思いながら涙したという話、そして部屋のベッドと枕が使われることは二度となかったという話、……。

市場に立ちこめる霧を人びとが狂った女の頭のなかのようだとたとえていたのも、見知らぬ人に「マザー」や「シスター」や「ブラザー」と呼びかけることも父は覚えていた。

飼っていたブタにやるはずの芋やアボカドの皮を食べたこと、雨期に自分の部屋のうえにポッカリ空いたとたん屋根の穴を見て雨が降らないように必死に祈ったこと、そしてあとで作物の不作を知り、雨が少なかったのは自分のせいだと後悔したこと。父の記憶はまだまだ続く。

まったく読み書きのできなかった祖母が、しかも病気の熱に苦しんでいたときにラテン語の詩のようなものを口走ったこと、そのとき父は祖母の鼻の穴に赤唐辛子の束を突っ込んで治そうとしたこと、理由は三回くしゃみをしたら熱が引くと信じられていたから、……。

夜空を眺めて、流れ星を探すのも父の仕事だった。流れ星は母親の死を予言するという迷信があったので、丘のかなたに星がまばゆく落ちていくのを見た父はまるで犬のようなうなり声を上げて泣いたそうだ。祖母が死ぬと、父は生きた蛇を瓶のなかに閉じこめたり、滝に打たれたりした。大きな岩を家のまわりに積み上げ、祖母の霊を地面に封じ込めようともした。寝呆けて吸い込まないようにと螢をマッチ箱に入れ、祖母のビーズの髪飾りを一つこっそりと飲み込んだ。いつでも一緒にいられるように祈りながら。だからアメリカに来てからも、父は絶対に夜空を見上げようとはしなかった。

「このなぞなぞ、解けるかい?」父はよく聞いてきた。

「いいわよ。さあ、どうぞ」

「大男たちが一万人小さな傘のなかに入っているのに、だれも濡れない。なぜか?」

「雨が降ってないから!」

「じゃあ、無くし物がいつもいちばん最後に捜したところで見つかるのはなぜか?」

「見つかったらもうそれ以上捜さないから!」

父の大好きな冗談。あるとき、神さまが世界中の指導者を集めて会議を開いたそうな。フランス、アメリカ、ロシア、イタリア、ドイツ、中国の大統領や首相が集まり、わがハイチからは独裁者のパパ・ドクが出席した。フランスの大統領が天国の門に辿り着くと、神さまは立ち上がってあいさつした。今度はアメリカの大統領。神さまは同じく立ってあいさつした。ロシアから中国まで、すべて神さまは立ってあいさつをした。

いよいよパパ・ドクの番が回ってきた。しかし、神さまは立ち上がらなかった。驚いたのは天使たち。わけを聞こうと、天使の一人がすすみ出た。

「神さま。ほかの代表者には立ち上がったのに、どうしてパパ・ドクにはそうされなかったのですか？　彼が黒人だから？　肌の色で差別してはいけないと、いつも神さまはおっしゃっていたはずなのに」思い切って天使は神さまに聞いてみた。

神さまは言いにくそうにしながらぼそりと言った。

「いや、そうではない。もし立てば、パパ・ドクにわしの座を奪われるのではないかと不安になったのじゃ」

寝る前になると、父は必ずこんな話をしてくれた。ベッドのまわりには笑い声が絶えなかった。そのどれもがかけがえのない財産だとわかったのは、大人になってからのことである。

妹の結婚式まであと一ヵ月を残すのみとなった。当の本人は淡々としていて、わたしたちも少しずつ準備にかかりはじめた。妹は古着屋で白いショートドレスを買い、それをクリーニングに出した。母もまた、以前に買ってあったピンクのフリルの付いた足首まで長いガウンを引っぱり出してきた。わたしはというと、父から母へのプロポーズの手紙が包んであったグリーンのハンカチにちなんで、グリーンのドレスを着ることにした。

母は本当は自分の手でウエディングドレスを縫いたかったにちがいない。いろんな雑誌を見ながら、あれもいい、これもいいとはしゃぐ姿が目に浮かんだ。式には出たくないという気持ちとは裏腹に、立派な式にしたいという母の想いが痛いほど伝わってきた。

エリックの家での夕食に出かける支度をしているとき、母がわたしたちに言った。「恋人との仲を母親に邪魔された娘は、一生母親を恨むだろう。でもね、いつまでたっても娘は娘なんだよ。指が汚れたからって、それを切り取って捨てる人はいないだろう? それと同じことさ」

でも、頑として母は結婚式当日の夕食を作るつもりも、大切な初夜のためのネグリジェを買ってやるつもりもないと言い張った。

「お祝いに贈り物をいっぱいするからね。ウエディング・シャワーよ」行きの車のなかで、わたしはキャロラインに言った。

「いっぱいはいらないわ。一つでいい。ほしいものがあるの」とキャロラインはうれしそうに答えた。

それからアドレス帳をわたしに手渡した。そこには以前ハイチ移民の子どもに英語を教えたことのあるジャッキー・ロビンソン中学の関係者の名前がぎっしりと書かれていた。

キャロラインがエリックとはじめて出会ったのも、じつはそこだった。彼はそこの守衛だった。一年以上かかって、エリックはやっとキャロラインにデートを申し込んだ。それからプロポーズまでさらに一年半。

「人に物をもらうなんてみっともないったらありゃしないよ。ましてや身内にもらうなんて」車から外を眺めていた母がつぶやいた。

「ウエディング・シャワーは未婚の女性しかできないことなのよ。覚えてるでしょ？　わたしは未婚なのよ」とわたし。

「もちろん知ってるさ。一応おまえの母親だからね」と母。

「きっと楽しいわ。家でやりましょうよ」わたしはなんとか母を説得しようとした。

「母さん、ハイチにもそんな習慣あるの？」キャロラインが尋ねた。

「ハイチは貧しい国だけど、そんな物乞いみたいなまねはしないよ」母は答えた。

❖

「お目に……かかれて……光栄です……アジルさん」そう言って、エリックが迎えに出てきた。

エリックはまるでとかげのような目をしていたが、その色はほのかなヒスイ色に輝いてきれいだった。背は妹より少し高く、肌の色は濃い褐色だった。

母の視線が気になったのか、彼は妹の頬に軽くキスしただけだった。

「最近、お仕事のほうはどうですの？」母は精一杯丁寧な発音の英語で聞いた。

「まあ……あるだけ……ましですよ」エリックは愛想よく答えた。

それから母は居間に入り、テレビの前の椅子に腰かけた。画面では環境番組が音もなく流れていた。

「アメリカ人に……なった……気分は……どう？」エリックがわたしに聞いてきた。「もう……これで……好きなときに……好きな外国へ……行くことが……できるね。なんたって……

アメリカ人……なんだから」ちゃんと教育を受けていないために、彼はこんなふうにゆっくりにしかしゃべれなかった。知能が遅れているわけではなかったが、ふつうの人のようにはいかなかった。

母は部屋中の壁にカーニバルのポスターが貼ってあることに気づいた。彼女は顔を突き出し、そのうちの一枚に描かれた鳥の羽を頭にさしたスパンコールのビキニの女性をじっと見つめた。やがてその視線がテレビのうえのキャロラインの小さな写真に移ると、母は思わず目を細めた。

エリックとキャロラインが台所に消えると、わたしは母と二人きりになった。

「おいしくなかったら、わたしは食べないよ」母が小声で言った。

「エリックが料理上手なの、知ってるでしょ？」とわたし。

「男のくせにうまいだなんて。それに、あいつの料理にはどこか変なところがあるよ」と母。

「母さん、お願いだからおいしいふりをして」わたしの頼みを無視するように、母はむっくと立ち上がり、居間のなかを物色しはじめた。部屋の角々には木製の小さな彫刻が飾ってあったが、そのほとんどは赤ん坊を抱いたマリア像だった。

その晩のエリックの料理は、チキンのダークソースがけだった。肉汁のなかのチキンを捜すようにして、わたしはフォークを突き刺した。母は肉汁からチキンを皿の縁へよそい上げていたが、ほとんど食べてはいなかった。

食事が終わってエリックとキャロラインが台所に消えると、わたしはまた母と二人きりになった。

「どう、楽しかった？」待ち兼ねたように、わたしは聞いた。

「楽しいも楽しくないもないだろ。来ちまったんだから」母はそっけない。

「そうよ、母さん。もう来てしまったんだから、いいかげんに腹を決めてよ。どうしてもっと食べてあげなかったのよ？」

「あんまりおなかが空いてなかったからさ」

「うちに帰っても何もないわよ。いいの？　牛の骨スープすらないのよ」

わたしはくってかかった。

「なんとかするよ」

未来の母を喜ばすというエリックたちの企ては見事に失敗した。もしこうなるとわかっていたなら、彼は母よりもおいしいハイチ料理を作るコックを雇っていたかもしれない（もっとも、そんな人はどこを捜したって見つかりっこないけど）。

「その人がどんな人なのかはまわりの噂でわかる。噂ってのは隅ずみにまで広がるものだからね。先日のミサでも、ハイチの女はアメリカに来たとたんにハイチのことを忘れちまう、もっと故郷を大事にしなきゃって、後のほうで女たちが噂してたそうだよ。おまえの姉さんが聞いたって」帰りのタクシーのなかで母がキャロラインに言った。

「そうね、母さん」キャロラインはけんかにならないように淡々と言った。

本当はエリックのところに泊まりたかったのに、妹は母のために帰ることにしたのだ。

「おまえを責めるつもりはないよ。おまえは何か盗まれてからあわてて『泥棒！』って叫ぶような性格なんだから」

「わかってるわ、母さん」キャロラインは心ここにあらずといった様子で、相変わらず淡々と相槌を打った。

キャロラインは母が眠りにつくのを待って、ふたたびタクシーでエリックのところへもどっていった。翌朝目が覚めると、ベッドの横に母が立っていた。

「キャロラインは今朝もまた早朝登校かい？」母が尋ねた。

「ええ、そうよ。母さんと一緒で早起きなのよ、あの子」妹のためにわたしはまた嘘をついた。

❖

わたしはキャロラインのウエディング・シャワーの招待状を方々に送った。シャワーにはほんとに親しい身内や友人だけしか呼ばないことにした。むろん、そのなかには隣のルイーズさんもいた。しかし、母の教会関係者の名前は一人もなかった。母が断ったからだ。友人たちに新郎の名前を聞かれて、舌を噛みそうになるのが嫌だという理由で。

たまりかねて、わたしは母に言った。「いったいエリック・アブラハムズのどこがいけないって言うの？　ハイチにも似たような名前あるでしょ？」

「でも、ハイチ人の名前じゃない。彼のバハマ人のご両親の呼び方とわたしの呼び方とはちがうんだ」母は答えた。

「アメリカ人だって、いつもわたしたちの名前を間違って発音するじゃない？」

「それとこれとは話がちがうよ」

「とにかく母さんは早くエリックの名字を覚えてね。すぐにキャロラインもそうなるんだから」

「いいや、あの子の名字はいまのままだよ。母さんは絶対に認めない」相変わらず強情な母だった。

ベッドの後の妹の箱がだんだんと物であふれてきた。

「ねえ、わたしが帰らなかった夜どこにいたか、母さん気づいてると思う？」キャロラインがわたしに聞いた。

「もし出ていく現場を見たとしても、何ができるって言うの？　蟻が洪水を止めるようなものでしょ？」

「でもそれだけ真剣だってこと、わかってくれたかしら？」妹は真顔で言った。

「ええ、きっとわかってるわよ」

❖

その夜、わたしはまた父の夢を見た。わたしは断崖絶壁に立っていて、父がヘリコプターからわたしのほうへ手を伸ばしている。何度も何度もヘリコプターはぎりぎりまで降りてこようとするが、そのたびにわたしは崖のしたに落ちそうになる。とうとう父が縄ばしごをつたって降りはじめた。はしごは左右に大きく揺れている。ああ、とても見ていられない。

父の顔ははっきりとは見えなかったが、わたしを助けようと必死なのはよくわかった。何か大声で叫んでいる。わたしの名前だ。グラシナ——アメリカではグレースと呼ばれているが、正しいハイチ名はこうだ。

夢のなかで父の声を聞いたのはその時がはじめてだった。生前と同じかすれ声。わたしも必死に手を伸ばした。あとちょっとで指の先が触れる、というところで目が覚めた。

小さい頃、妹とわたしはたまに両親のベッドで寝ることがあった。それは決まって夕食に豆を食べた夜で、そんな日に仰向けに寝ると必ず悪い夢を見るという迷信があったからだ。妹はすぐそばに両親がいるのに、恐がって夜中まで眠らなかった。妹がべそをかきはじめると、よく父が抱き上げてあやした。だから、母が明かりを点けると最初に妹の目に飛び込んできたのは間近に迫った父の顔だった。そんな父に向かって妹は、よくこう聞いた。「あなたはだれ？」

「パパだよ」あわてる父。

「だれのパパ？」と妹。

「おまえのだよ」

「あたしにパパはいないもん」そう言うと、妹はふたたび父の胸のなかで眠りに就いた。

いったいどうして妹がそんなことを言ったのか、父と母はそれからしばらくそのわけを話し合った。

「たぶんあなたが死んでしまって、唯一心の拠り所となった夫と寝ている夢でも見たんだろうよ」母が言った。

「まだこんなに小さいのに、そんな夢を?」父はけげんそうに聞いた。

「夢のなかでは大人にだってなるもんさ」母はとりあえずそう答えた。

やがて父は眠りについたが、母は気になって結局朝まで一睡もできなかった。翌朝、母はニュージャージーまで出かけて行って、妹に飲ませるためのスープの材料を仕入れてきた。

「こんな小さい子があんな夢を見るなんてなあ。まだほんとに幼いのに。約束の地アメリカの子。ニューヨークで生まれたおれたちの子だ。ハイチのことなど何も知らずにな」おいしそうにスープをすする妹を見つめながら、父は何度もそう言った。

そんな妹とはちがって、両親はわたしを不遇の子と呼んだ。ポルトープランスのスラムに住んでいたもっとも貧しかった頃にできた子だったからだ。

疝痛か飢えで死んでしまうかもしれないと心配しながら、両親は身を粉にして働いた。ほんのわずかな賃金のために重い荷を引く父。井戸水や木炭、焼きピーナツを売って、やっとのことでその日の食費をまかなった母。

スラムの劣悪な環境のもとに生まれた赤ん坊には、いつも無数のハエがたかっている。両親はどうすることもできない。唯一の解決法はそこを出ることだった。父は前以上に重い荷を引き、母は前以上に多くの井戸水と木炭と焼きピーナッツを売るしかなかった。いつかハイチを脱出することをひたすら夢見ながら。

ハイチを出ようとしていたある未亡人との偽装結婚で、父はアメリカへの入国ビザを手に入れた。当然未亡人にはいくらか支払った。数年後、父はその未亡人と離婚し、やっとわたしたちをアメリカへ呼ぶことができたのだった。父が生きている間、両親はこのことをわたしたち子どもにはひた隠しにしていた。

キャロラインにウエディング・シャワーをするために、わたしたちは部屋を飾りたてた。ピンクのリボンと風船が天井から吊り下げられ、たれ幕には「結婚おめでとう」と大きく書かれていた。
母は牛肉とタラの身を使ってパイを焼いた。聖アグネス教会の友人の一人に電話をして、シャワー用のケーキを安く焼いてもらった。むろん、その友人には何のためのケーキかは告げなかった。ケーキが届くと、母はキャロラインの名前と日付を書き込んだ。誰がトイレを使う

かわからないからと言って、母は家のなかを隅から隅まで念入りに掃除した。どこもかしこもピカピカだった。こんなにきれいになるのなら、いつもお客さんが来ればいいのに。わたしはふとそう思った。

しかし、わたしたち以外にシャワーに来たのはわずか五人だけだった。キャロラインとわたしの中学校の同僚が四人、それに隣のルイーズさん。

わたしたちがこしらえたシャワーチェアーにすわって祝福を受ける妹のまわりで、せかせかと動き回る母。幅広の襟のついた紺色の服が、なおいっそう母をメイドのように見せていた。まずプレゼントの中身を一つひとつ考えさせてから、わたしたちは箱をキャロラインの前に置いていった。

「この次はベビーシャワーだよ！」きついスペイン語なまりでルイーズさんがおどけてみせた。

「まあ、そんなに焦らせないで」わたしは笑いながら言った。

「いいや、早すぎるってことはないよ。キャロラインはどっちがほしいんだい？　女の子、それとも男の子かい？」

「まあまあ、とりあえずこのシャワーから先に済ませましょうよ」とキャロライン。

わたしは、空いたトレイを下げようと台所にもどる母のあとを追いかけた。

「母さん、代わるわ。行って、すわっててちょうだい」新しいパイを黙々と皿に盛る母に向かってわたしは言った。母はいまにも泣き出しそうな顔をしていた。

いよいよプレゼントを開けるときになっても、母はどうしても台所から出てこようとはしなかった。

妹への贈り物は、ジューサー、ダイエット器具、台所用品など盛り沢山だった。わたしは新婚旅行用の大きなカバンをあげた。

たとえばベッドで朝食をとか、ロウソクの明かりで夕食をといった具合に、プレゼントの使い方で話は盛り上がった。その声を聞きつけて、母は台所の戸口からそっとこっちをのぞいてはすぐに首を引っ込めるということを繰り返していた。

母がやっと居間に出てきたのは、お祝いのケーキを配るときだった。しかし、わたしたちが食べている間、母は空箱や包み紙を集めて外のごみ箱に捨てにふたたび出て行った。

その次に母が姿を現したのは、もうみんなが帰る間際だった。

「アジルさん、初孫はわたしに任せておいてね」帰り際、ルイーズさんは母にそう言った。

「息子さんのこと、お気の毒に」代わりにわたしが声をかけた。

「まあ、その話はいまはよそうじゃないか」ルイーズさんは苦笑いをして言った。

「カルメン、今度おいしいスープをご馳走してあげるからね」母があわてていった。ルイーズさんは帰っていった。母はわたしを睨んで言った。「まったく馬鹿だねえ、この子は。世の中には言わなくていいこともあるんだよ」

その日もらったプレゼントを、キャロラインは寝るまえに荷造りした。箱はほとんどいっぱいだった。

いざ寝ようとしたとき、ドアをノックする音がした。開けると、母が立っていた。手にはきれいにラッピングしたプレゼントを持っていた。母は部屋の隅に置かれた箱をちらっと見てから、プレゼントをすばやくキャロラインに渡した。

「まあ、母さん。ありがとう。うれしいわ」そう言って、妹は母の頬にキスをした。

「ほんとにつまらないものだよ。ほんとに」母は言った。

キャロラインがラッピングをはずすと、母は照れくさそうに顔を背けた。箱のなかには黒と金の絹の下着が入っていた。

「店でね、おまえの歳を言って選んでもらったんだよ。ウエディングシャワーにはこんなものがいいって、そこの若い女の子が言うから。気に入るかどうか」母ははにかみながら言った。

「とってもすてきよ、母さん」そう言って、キャロラインは大事そうに箱にしまった。

妹が寝てから、わたしは母の部屋に行った。昔、恐い夢を見たときにそうしたように、わたしは母のベッドに潜り込んだ。

「母さん、ありがとう。キャロラインもとても喜んでたわ。でも、母さんの趣味じゃないでしょ、あの下着」わたしは言った。

するとすかさず母は答えた。「この国にはもう二五年も住んでいるけど、ちっとも慣れないね。ところで、今度おまえにあんな悪趣味な下着をプレゼントさせてくれるのはいったいいつなんだい?」

「母さんが誰かを見つけてくれたらよ」

「じき見つかるさ。キャロラインでさえ見つかったんだから。あの男は馬鹿だけど、まあ、よしとするさ」

「母さん、エリックは馬鹿じゃないわ。キャロラインは本当に心のやさしい人を見つけたのよ」

「そうかもしれないね」

「母さんもエリックのこと、ほんとは気に入ってるんでしょ?」

「あの子が生まれてからというもの、父さんもわたしもこのことばかり心配してたんだよ」

「このことって？」

「いま起こっていることさ」

「いま起こっている何よ？」

「あの男がやさしくて何でも言うことを聞いてくれると思ったから、あの子は飛びついたんだろうよ。この人を逃したら、もう自分のような娘とは誰も結婚してくれないってね」

「ちがうわ。エリックがキャロラインを愛しているからよ」わたしは言った。

「愛があれば何でもできるってもんじゃない。あの子と結婚するのが本当に幸せだとあいつが思ってこそ、はじめて結婚できるんだよ」

「さあ、それはよくわからないわ」

「人の心というのは石みたいなもんさ。なかに何がつまっているか、外からはさっぱりわからない」母は言った。

「そんなのはごく一部の人よ」わたしは納得いかないといった口ぶりで答えた。

「いいや、そこがいちばん大事なんだ。本当にわかりあえるようになるまでは、誰もが心は石なんだよ。たとえわかりあえるようになっても、またすぐに石にもどっちまうことだってある」と母。

「たとえ偽装であっても、父さんが別の女の人と結婚したときもそう思った?」とわたしは思いきって聞いてみた。

「ああ、それも古傷の一つだよ」

そう言うと、母はベッドから起き上がり、スーツケースのしまってあるクローゼットに入っていった。そして、革製の茶色いカバンを引っ張りだしてきた。たぶんネズミにでもかじられたのだろう、その古ぼけたカバンには小さな穴が無数に空いていた。

母はそれをベッドのうえに置き、なかからいろいろなものを取り出した。それは一足先にアメリカに来ていた父とふたたび一緒に暮らすためにハイチを出たときに詰めたものだった。

カセットテープとルーズリーフにぎっしりとかかれた父からの手紙。母に宛てたアメリカからの父の手紙には、「愛してる」とか「会いたい」とかいう言葉は一言も書かれていなかった。すべて用件のみで、わたしたち子どもの様子を尋ねたり、送金したお金の金額やその使い道についで書かれているだけだった。

母から父への手紙も出てきた。父のとはちがって、「愛してる」とか「早く会いたい」といった言葉があふれていた。

わたしたちのまわりを埋め尽くした母と父の思い出の品々。それは人目にさらされることのない、かと言って決して捨て去ることもできない大切な宝物である。

❖

結婚式の前夜の妹は、どこかよそよそしかった。彼女のために、母はほうれん草やヤム芋をふんだんに入れたシチューをこしらえた。しかし、母自身は付け合わせの野菜サラダばかり食べて、結局シチューは一口も口にしなかった。

食事が済むと、わたしたちは台所にあるラジオから流れてくる音楽に耳を傾けた。それはブルックリンにあるハイチ系のラジオ局が流しているものだった。

古いボレロが流れだすと、母はつられて無意識にその曲を口ずさんだ。そして、あすの式に着るドレスに最後の目通しをしはじめた。

「ウエディングドレスのサイズは大丈夫だろうね」母が妹に尋ねた。

「ええ、ぴったりよ」と妹。

「最後に合わせたのはいつ？」

「きのう」

「見せてくれればよかったのに。そしたら合わせてやれたのにねえ」

「ぴったりだって言ってるでしょ。だいじょうぶよ」

「いいから、もう一度着なさい」　母が言いだした。

「あとでね」

「もう時間がないじゃないの」と母が急かす。

「あとで寝る前に見せるから」　妹は仕方なく約束した。

それを聞いた母は少し安心した表情になり、黒砂糖のたっぷり入った生姜茶をキャロラインに入れてやった。

「サトウキビにはいろいろと教えられることがある。よく覚えておくんだよ」と母。

「でも、誰かと恋愛するなんて考えてもみなかったわ。ましてや結婚だなんて」　母の首の後を指でさすりながら、キャロラインが言った。

「ねえ、教会を使わない結婚式って本当にうまく行くのかい?」　母はまだ心配でならないといった様子だった。

「母さん、そのことはもうちゃんと説明したでしょ。わたしもエリックも余計なお金を使いたくないの。たった一日のために大金を注ぎ込むなんて、わたしたちはいやなの。検事をしているエリックの友達が全部やってくれるから、心配いらないわ」とキャロライン。

それを聞いた母は頭をふりながら言った。「まったくアメリカンだねえ、おまえは。何もかもが味気ない。小さいとき、大人になったら何になりたいかって聞かれたときのことを覚えているかい？　おまえはいつもペレのお嫁さんになりたいって答えていたのに。あの夢はどこへ消えちまったんだい？」

「ペレってだれ？」キャロラインは驚いた声で聞いた。

「覚えてないのかい？　あのブラジルのサッカー選手のペレだよ。いつもペレ、ペレって言ってたくせに」

母の勘違いだった。ペレと結婚したいと言っていたのは、妹ではなくわたしだった。小さいとき、とにかく結婚相手と言えば必ずサッカー選手だった。テレビでサッカーの試合を見るたび、わたしはそのことを父に言っていたのだ。

真夜中の二時を過ぎる頃には、ラジオの音楽も静かなものになっていた。母は針と糸を持ち出して、式に着る服に最後の仕上げを加えていた。

「もし妊娠したら、何でも食べなきゃだめだよ。いくら好きだからってワインばっかり飲んでいると、ワイン漬けの子どもができちまうからね」針を動かしながら、母がキャロラインに言った。

キャロラインは黙って自分の部屋に入っていった。しばらくすると、ウエディングドレスを着たキャロラインが現れた。手には義手がつけられていた。

母の視線がミニドレスの裾からむき出しになったキャロラインの太股と義手の間を彷徨っていた。

「きょう買って来たの。自分への結婚プレゼント」そう言って、プラスチック製の指を肩から出た二本のひもで動かしてみせた。

そして真顔で言った。「近ごろ、腕の先っぽが痛いの。だから」

「あんまり見栄えはよくないねえ」と母。

「そんなことはどうでもいいの」キャロラインは少し苛立って言った。

「わたしにはわからないねえ」とふたたび母。

「本当に左腕の先が痛くて仕方なくなったのよ。まるできのう切り落とされたばかりのような、そんな痛みなの。お医者さんは幻の痛みだって言ってるわ」

「いったいいなんだい、そりゃ？」

「幻肢痛って言ってね、手足を切断した場合、まるでまだ手足がそこにあるかのように痛みを感じることがあるらしいの。でも、これをつければそのうちに消えるって」

「そんなこと言ったって、おまえの手は切断されたわけじゃないんだよ。神さまがそうなさったとお医者さんにちゃんと言ったかい？」

「お医者さんが言うには、結婚から来るいろいろなストレスでそう感じるのだそうよ」

「だったら、誰もかれもその幻なんとかって痛みを感じるはずじゃないか」母はそう言って笑った。

❖

結婚式当日の朝、まるで一晩で老けこんでしまったような顔をしてキャロラインは起きてきた。彼女は黙って台所に入ってきて、錠剤を二つポンと口に放り込み、水と一緒に一気に飲み込んだ。

「スープでも作ってやろうかい」母が声をかけた。

キャロラインは何も言わず、まるで病人のように弱々しく母の腕のなかに倒れ込んだ。わたしが手伝って、やっと椅子に腰かけさせた。母はクローゼットのなかから、古い葉っぱの束を持ってきた。それから、水がこぼれるぐらいたくさんの葉をポットのなかに入れた。

キャロラインがぴくりともしないので、母は彼女の鼻のしたに人差し指を当てて、息があるかどうかを確かめた。

「気分が悪いのかい？」母が聞いた。

「疲れてるだけよ。もう少し眠りたいわ。部屋にもどっていい？」妹は弱々しく答えた。

「いいけど、もうすぐおまえのベッドもなくなっちまうからね。きょうを限りに、おまえのベッドは片付けるよ。きょうからおまえが寝るのはここじゃなくて、エリックのところなんだから」と母。

「いったいどうしたの？」わたしはキャロラインに聞いた。

「わからないわ。今朝起きてみると、なんだか結婚したくなくなってたのよ。この痛みよ。この痛みのせいで、何もかもがうまく行かないような気がして」彼女は答えた。

「ちょっと神経が高ぶってるだけよ」わたしは慰めるように言った。

「そうそう、心配いらないよ。母さんもそうだった。いざ結婚となると、急に恐くなって嫌になったものさ。さあ、お風呂にでも入って少し休めば、さっぱりした気分で式が挙げられるさ」

ポットのお湯が沸いてくるにつれて、部屋中に森の木のいい香りが立ちこめた。母は風呂に水をはったあと、その煮立った葉っぱを入れた。

二人でキャロラインの服を脱がせ、両脇を抱えながら彼女を浴槽のなかに入れた。

「さあ、肩まで浸かって」母が言った。

妹はふわふわと浮かぶように仰向けになった。

意識がもうろうとしたキャロラインをなんとかしようと、母は必死だった。その目は恐いほど真剣だった。

「蛙の子は蛙だねえ」少し落ち着いて、母が冗談半分に言った。「やっぱりこの子はわたしの子だよ。結婚式の日、じつはわたしもこうなったのさ」

母が葉っぱで妹の身体をこするたびに、妹はかすかにうめき声をあげた。

「女ってのはね、天使なんだ。それは喜ぶべきことなんだよ」キャロラインに向かって母が言った。

妹は母の言葉を聞きながら、水のなかに身体を沈めていった。

「でも、天国へもどってしまう天使だっているでしょ？　母さん、わたしもっとここにいたいわ」とキャロラインは言った。

「病めるときも、健やかなるときも、でしょ？　でも、いきなり病めるときってのはあんまりうれしくないねえ」と母。

「母さんもこんなふうになったって、さっき言ったわよね？」キャロラインはにやにや笑いながら聞いた。

「ええ、そうだよ。当日、手足が痺れてどうしようもなくてね。おまけに教会に行く途中で吐いちまったんだよ。ウエディングドレスはだいなしさ」

「安いドレスにしといてよかったわ」キャロラインはゲラゲラ笑いながらそう言った。「で、どうやって吐き気を止めたの？」

「新婚旅行のことを考えたのさ」

「恐くなかったの？」

「全然。むしろ待ちきれなかったくらいだよ」一所懸命に妹の背中をこする母。

キャロラインは気持ちよさそうにじっと目をつむっている。

「新居には呼んでおくれよ」母がキャロラインに言った。

「母さんの好きなものばっかり作って待ってるわ」キャロラインはうれしそうに答えた。

「エリックの料理でさえなかったら、わたしゃ大丈夫だよ」母も楽しそうだ。

「ねえ、わたしいい奥さんになれると思う？」

「ああ、なれるとも。おまえは夏の季節しかないハイチの娘だけれども、どの季節にでも立派にやっていけるさ。春夏秋冬、いつでもね」

浴槽から上がったキャロラインは、一人で母の部屋まで歩いていった。

そのとき電話のベルが鳴った。エリックからだった。

「さあ、わからない。ただちょっと変な気分になっただけよ。ええ、ええ、わかってるわ。母さんがついていてくれてるからだいじょうぶだって」キャロラインの声にはすっかり張りがもどっていた。

❖

母はキャロラインの髪の毛を細かく編んで、肩までの長さの付け毛をかぶせてやった。わたしたちも鏡をのぞき込みながら、最後の身仕度をした。母はピンク、わたしはグリーンのドレスを着たが、ふたりともまるで大きなパッチワークでも身にまとっているみたいだった。

「式まであとどれくらい?」キャロラインが聞いてきた。

「一時間」とわたし。

「エリックとは例の判事のオフィスで待ち合わせることになってるの。だって、式の前に花婿が花嫁を見てはいけないでしょ」

「結局、式では会うのにねえ」と母。

「式でならいいのよ。それまでにってこと」とキャロライン。

キャロラインは素早く着替えを済ませた。髪の毛を後向きに束ね、足には白いストッキングをはいていた。それもむき出しの足はだめだと母がやっとのことで説得してはかせたものだった。

最初に見たときとはちがって、義手はそう目立たなくなっていた。両手に白い手袋をはめていたせいもあるかもしれない。母はキャロラインの頬に薄く紅をさし、白粉(おしろい)を塗って、付けまつ毛をしてやった。その間、キャロラインはただじっとベッドの端にすわっていた。

家族水入らずで過ごす最後の時間を、わたしは写真に収めた。写真を撮っているときのキャロラインは、母に寄り添いっぱなしだった。

「すてきよ、母さん」キャロラインが言った。

❖

判事のオフィスのある裁判所まで、わたしたちはタクシーを飛ばした。裁判所前の階段でもまた写真を何枚か撮った。なんだか三人で一緒に卒業式に出るような気分だった。

判事の秘書がわたしたちを会議場に通してくれた。当の判事は何か大事な電話に出ていて、すぐには現れなかった。エリックはすでに到着して待っていた。会議場に入ると、エリックは駆け寄りキャロラインを抱き締めた。そして、興味深そうに義手を触った。

「すてき……だよ」例のたどたどしい調子でエリックが言った。

「きょうの日のためよ」とキャロライン。

「よく……似合って……いる」

キャロラインは見違えるようにきれいだった。化粧ののりもよく、ひと際鮮やかに見えた。母は膝のうえにハンドバッグを置き、固くなってソファーにすわっていた。

「ペレス判事がいらっしゃいました」と秘書が告げた。

秘書の後から、判事がにこやかに現れた。彼は少し薄くなった頭に、ヤギのような口髭を生やしていた。

「やあ、どうもどうも。お待たせしてすみません。なかなか電話が切れなくて」そう言って、エリックと抱き合った。

「さあ、準備はいいかな?」判事がからかうようにエリックの腕をポンとたたいた。

エリックははにかんだ笑みを浮かべて、緊張が高まるキャロラインのほうを見た。

「緊張しないで。予防接種でもしにきたと思えばいいさ。待っているときはいやでも、はじまったと思ったらすぐに済むから」 判事は言った。

そして、部屋の隅のクロークから黒のガウンを取り出して、服のうえにまとった。

「では、お二人は前に。ほかの方々はお好きなところへおすわりください」 静まりかえった会議場に判事の声がひと際高く響いた。

母とわたしはいちばん前に陣取った。エリックの家族は一人も来ていなかった。バハマか、アメリカの別の州に散らばっているからだ。

「花婿の付き添い人はいないのかい?」 母が小さな声でささやいた。

するとエリックが「ぼくは……古風では……ないから」と答えた。

「あら、聞こえてたの? ごめんなさい」 母はあわてて謝った。

「いいん……です」

「親愛なる皆さん」 ペレス判事の声で、いよいよ式が始まった。「きょう、わたしたちはエリックとキャロラインの神聖な結婚式のためにここに集まりました」

わたしはいつしかキャロラインの顔がだんだんと別人に変わっていくのを感じた。さっきまでそこには妹がすわっていたはずなのに、いまは結婚した見知らぬ女性がすわっているような、そんな感じだった。妹が一人の女性としてわたしの手の届かないところへ行ってしまったような淋しさがこみあげてきた。

「わたし、キャロライン・アジルはこの男性を夫とし、終生連れ添うことを誓います」

なんだか自分と離婚した相手が新しい伴侶と一緒になるのを見せつけられているような気がしてならなかった。

式は本当にあっと言う間に終わった。「さあ、彼女の唇はもうきみのものだよ」という判事の言葉を待ち兼ねていたように、エリックはキャロラインを抱き締めキスをした。そしてこう言って、みんなを笑わせた。「いいえ……前から……ぼくのものです」そして、またキスをした。
われに返った二人は、それからどうしたものかと立ち尽くしていた。キャロラインは薬指の結婚指輪にじっと見入っていた。母は財布から二〇ドル紙幣を取り出して、判事にそっと握らせようとした。判事は気遣いは無用とばかりに拒んだが、母はどうしてもと言って聞かない。わたしはたまりかねて母の手から二〇ドル紙幣を取り上げて言った。
「これで新婚さんたちにお昼でもご馳走してあげるわ」

「ナッソーへの……飛行機は……五時に……出ることに……なっています」とエリック。

「でも、ぜひ一緒に食事したいわよねえ、母さん?」わたしは母に同意を求めた。

しかし、母は何も言わなかった。キャロラインにはもうわたしたちより大事な人ができたんだよ、とばかりに。

「だいぶ気分がよくなったわ」ほっとした表情でキャロラインが言った。

「おい妹、おめでとう。一緒に昼飯に来るのだ!」わたしはおどけてみせた。

「うん、でもわたしたち、これからブルックリンの植物園で写真を撮るのよ」すまなそうにキャロラインが言った。

「準備は……オーケーさ。……カメラマンが……向こうで……待ってる」エリックも早く行きたそうな様子だった。

「今夜発つなんて知らなかったよ。どうして教えてくれなかったんだい?」と母。

「あの子はもううちの子じゃないの。わかってるでしょ?」とわたし。

「おまえに言ってるんじゃないよ」と母は少し苛立って言った。

「あとでスーツケースを取りに寄るから」キャロラインが後ろめたそうに言った。

結局、わたしたちは全員で「ル・ビストロ」というフラットブッシュにあるハイチ料理のレストランに行き、昼食をともにした。母はわたしの隣で黙ったままで、キャロラインもほとんど食べなかった。ただ水ばかり飲んで、母の顔色をうかがっていた。

と突然、エリックがシャンパングラスを手にして立ち上がった。「どんな人でも……必ず必要と……されるんですね。……こんな……ぼくみたいな……やつでも。……ほんとに……ぼくは……幸せ者です」

キャロラインが拍手した。つられて母もわたしも立ち上がった。エリックとキャロラインは楽しそうに笑っていたが、母もわたしもそんな気にはなれなかった。

「なにか妹に言っておやり」母がわたしの耳元でささやいた。

わたしは立ち上がり、キャロラインのほうにグラスを向けて言った。

「ずいぶん前に、わたしたちの両親もこの結婚という名の旅に出ました。そしていま、妹はわたしたちのもとを離れようとしています。とても淋しいけど、この世からいなくなるわけではないから」

それは母の口癖だった。

植物園ではカメラマンが待っていた。よく茂った葉っぱのしたで、エリックとキャロラインは素早くポーズを取った。

「ここで撮った写真を、あとでシャンペングラスか何かに焼きつけるんだよ。いまはほんとにいろんなことができるからねえ」その様子を見ながら母が言った。

その後、わたしたちはキャロラインのスーツケースを取りに家へともどった。

「空港へは行ってやれないからね」と母。

「いいんです……お母さん。……タクシーを……拾いますから」とエリック。

どれくらい長い間キャロラインを抱き締めていただろうか。彼女の髪の毛が涙に濡れたわたしの顔に絡みついてきた。

「新婚旅行からもどったら、また来るわ。それまでにブラジルのサッカー選手なんかと駆落ちしてたら承知しないから」わたしに向かってキャロラインが言った。

キャロラインとわたしは抱き合ってわんわん泣いた。それから彼女は母のところへ行った。

母の頬にキスをして、妹は振り返りもしないでタクシーに飛び乗った。滑るように出ていくタクシー。それを見送る母。

「きょうのおまえは姉として立派だったよ」振り返った母がわたしに言った。

「レストランのあいさつ?」

「ああ、そうさ」

「母さんが助けてくれたも同然よ」わたしはやさしく母を見た。

❖

その日の夜、母宛てに真っ赤なバラの花束が届いた。

「まあ、高そうだね」配達してきた店員に母が言った。

その店員はサインをもらった後もチップを期待して帰るのをためらっていた。

母は胸にしまってあった一ドル札を彼に渡した。

彼女はバラの匂いを嗅ぎながら台所にもどっていった。

「だれから?」とわたし。

「キャロラインからだよ。やさしい、やさしいキャロラインから」母はとてもうれしそうだった。距離はあっという間にわが妹を心やさしい聖母に変えてしまったのだ。

「母さん、ほんとにあれでよかったと思う？」　わたしは母に聞いてみた。

「おまえはいつも難しいことばかり聞くねぇ」

その晩、母は結婚式の写真とバラの花束を抱いて床についたが、しばらくして花瓶を取りに起きてきた。その後、幾度となく起きては飽きもせずにバラの匂いを嗅ぐのだった。

同じ夜、わたしも真っ赤なバラのような血の川の夢を見た。父が一緒だった。わたしたちは夕食用にパンノキの実を火であぶっている。火を真ん中にして、わたしは父と向かい合っている。すると突然お月さまが川に落ちてきて、血が飛び散った。そして星のかけらになって、辺り一面に降り注いだ。

わたしは父のほうを見て言った。「父さん、ほら見て。こんなに星がいっぱい」

すると、父は太い声で答えた。「固く目を閉じれば、どこにいたって星は見える」

「ねえ、泳ぎましょうよ」とわたし。

「いいや、だめだ。まだまだ道程は長いから、疲れるのはよくない」と父。

そこで、わたしは父に尋ねた。「ほら、川いっぱいの血が見える？　きれいでしょう」

すると、父の顔が星のように輝きはじめた。

そして、わたしに聞いた。「もしおれたちが絵描きだったら、おまえはどこの土地を描きたい？」

「わからないわ」

「これはゲームなんだ。何か答えなきゃ」と父。

「でも、わからないもの」わたしは繰り返した。

「もしおまえが母親になったら、息子にどんな名前を付ける？」

「もちろん父さんと同じ名前よ」今度は自信を持って答えた。

「どうやら、このゲームのやり方を忘れているようだな」そう言いつつ、なおも父はゲームを続けた。

「夜、子どもたちに歌ってやる子守歌は？　死んだ人はどこに埋める？」

徐々に父の顔がまばゆい光のなかにかすみはじめた。

「娘たちにしてやるのはどんな昔話？　悪運を追い払うためにどんなまじないを教えてやる？　さあ、答えるんだ！」

そこで、わたしははっと目が覚めた。夢のなかの父を恐いと思ったのは、このときがはじめてだった。

わたしは眠い目をこすりながら台所に下りていき、温かいミルクに口をつけた。

台所には母がすわっていて、手持ち無沙汰なのだろう、両手で卵をつぶそうと懸命だった。

わたしが椅子にすわると、母は卵をぎゅっと握り締めてこちらを見た。

「こんな遅くに、いったいどうしたんだい?」

「眠れないのよ」

「世の中は交代で生活すべきだと思うよ。夜起きてる人と昼起きてる人に分かれてね。夜も昼と同じようにお店が全部開いていて、仕事にも出かけるんだよ。そしたら、寝なくてもいいだろ?」

わたしはストーブのうえでまたミルクを温めた。母はまだしつこく卵をつぶそうとしている。温まったミルクをすすめたが、母は首を振った。

「きょう結婚式に出て、どんな気持ちだった?」わたしは母に聞いた。

「父さんがおまえとわたしをハイチに残してアメリカに行き、ビザのために見知らぬ女と結婚したとき、母さん、父さんにまじないをかけたんだよ。紙切れに父さんの名前を書いて、それを丸めて瓢簞のなかに詰める。そして、蜂蜜を垂らし込む。それから、その隣に火のついたロウソクを立てるのさ。毎晩、真夜中になると、ベッドの脇に置いた瓢簞に向かって、わたしのことを忘れないでって叫んだ。でも、そのうちに父さんの気持ちもだんだんと冷めていった。手紙でわかったのさ」

「いまも信じられないんでしょ？」わたしは聞いた。

「いいや、そうじゃない。わたしも大人だからね。そういう意味で言ってるんじゃないんだよ」母はそう答えた。

ラジオから古いハイチの曲が流れてきた。

ああわが麗しのハイチ　おまえほどいい場所はほかにない
でもおまえのよさを知るまえに　わたしはおまえのもとを離れてしまった

「父さんのプロポーズの手紙を見たいかい？」

母はそう言うと、古い宝石箱をわたしに差し出した。わたしは箱のなかから一通の手紙を取り出した。

封筒はもうすっかり前ばんでいて、触るのをためらうほどだった。

「だいじょうぶ。ぼろぼろに砕けたりしないから」母が言った。

しかし、長い年月を経て、さすがに折り目の部分はもうぼろぼろになっていた。

わが息子のカル・ロメルス・アジル　貴娘エミン・フランソワ・ジェニを妻とすることを栄誉とします

「あの頃はよかった。本当によかったよ。わたしが死んだら、こんなものは全部焼いちまっておくれ」と母が言った。

「それは約束できないわ。何か思い出の品がほしいもの。母さんの思い出になるものがね」

わたしは答えた。

「孫たちに同情されたくないからね。人は過去によって消されちまうことだってある。ああ、忘れてた。きょうの結婚式のことだったね？　とてもよかったとも」われに返ったように母は言った。

❖

翌日、わたしのパスポートが届いた。宛名はわたしの本名グラシナ・アジルになっていた。

わたしはパスポートに名前や住所、緊急の連絡先など、必要事項はすべて書き込んだ。生まれてはじめて、アメリカに住んでいることに安堵感を感じた瞬間だった。それは無防備で戦渦の真っ只中に放り出された人間が、やっとの思いで武器を手に入れたときのような安堵感に似ていた。

どれほど、この紙切れを切望したことか。父が偽装結婚し、母が逮捕され、妹が不具に生まれついたこと、すべてはこのたった一枚の紙切れのためだったのだから。

さっきまで雇い人でしかなかったわたしが、いまやっとアメリカの家族として受け入れられたのである。

❖

次の日の朝、クイーンズのローズデールにある父の墓にお参りに出かけた。無名の外人墓地の並びに父の墓はあった。わたしは持参したパスポートを墓の前に置いた。

「キャロラインが結婚したのよ。父さんも天国から見てくれてたんでしょ?」わたしは墓に向かって話しかけた。

本当は父はハイチに埋葬されたかったようだが、当時は貧しくてできなかったらしい。

父の葬式の前の日、妹とわたしは棺桶をかつぎたいと母に申し出た。

しかし、母は許してくれなかった。年端も行かない若い娘が棺桶をかつぐなんて聞いたことがない、と母は叱った。伝統を顧みないアメリカ的な感覚も、父の葬式にはさすがに入り込めなかったようだ。

小さいころ、わたしたちが何かとハイチの文化や因習を嫌がったとき、母は大声でこう叱ったものだった。「アメリカ人の真似をしてどうすんだい？」

でも、ゴムのように固くなるまで油で揚げた分厚い豚肉の皮を、どうしても好きになれなかったのはなぜか？　それはわたしたちがアメリカ人だったからだ。アメリカで生まれたのに、ハイチの舌に馴染むことを求められる。二重の悲劇がそこにはあった。

大晦日の晩、翌日のハイチ独立記念日を祝うために母が手間暇をかけてぐつぐつと煮た黄色い南瓜の分厚い皮スープを、なぜおいしいと素直に喜べなかったか？　それも答えは同じ。わたしたちがアメリカ人だから。わたしたちにとって独立記念日とは七月四日であって、元旦ではなかったのだ。

「ハイチでは結婚して子どもを作るのが当たり前なんだよ。ちゃんと家庭を持つのが義務だと誰もが思っているんだ。なのにアメリカはどうだい？　結婚すらしようとしない。ましてや子どもなんて」母の口癖だった。

❖

「キャロラインから電話があったよ」墓参りを終えて帰宅したわたしに、いつもの骨スープを料理していた母が言った。「ベッドは捨てないからいつでも帰っておいでって言ってやった。近いうちに来るって。もう淋しくなったんだねえ」妙に母はうれしそうだ。

「スープにもう一本骨を入れてもいい？」わたしは聞いた。

「ああ、おまえも食べるんだから」と母。

わたしは骨を一本入れた。お湯が飛び跳ねて、わたしの手に赤い火傷の痕がついた。

「母さん、もしわたしたちが画家だったら、どこの土地を描きたい？」わたしは母に聞いた。

「ああ、あのゲームをしたいんだね？」

「母親になったら、娘につける名前は？」

「もしそのゲームをやるんなら、まずわたしから始めるのが決まりだよ」と母。

それでもなお、わたしは矢継ぎ早に質問した。「夜に歌う子守歌は？　娘に話してやる昔話は？　悪運を追い払うおまじないは？」

「わたしのほうがおまえよりずっと長く生きてるんだよ。つらい経験だっておまえよりずっと多い。だから母さんが先に質問するのが、このゲームの決まりなのさ」　母は譲らない。

「わかったわ。どうぞ」　わたしは引き下がった。

スープをかきまぜながら、母はしばらく考え込んでいた。が、しばらくしてやっと口を開いた。「じゃあ、聞くよ。無くし物がいつも最後に捜したところで見つかるのはどうして？」

もちろん答えは、見つかったらもうそれ以上捜さないから、だ。

エピローグ「ハイチの女たち」

Epilogue: Women Like Us

髪をとく鏡のなかのあなたは、きっとあなたのお母さんによく似ているはず。あなたのお母さんも、そのまたお母さんも、ずっとそうだった。お母さんの口癖の一つが、「いつも十本の指を使いなさい」ハイチ女の理想は料理がうまくて洗濯上手な良妻賢母だという意味だ。

もう一つの口癖は、「結婚するまでは絶対に処女でいなさい。結婚してからも、セックスが楽しいだなんて決して言うんじゃないよ。旦那様に軽蔑されるからね」

女がものを書くなんてこと……。年端もいかない少女が濃い色のルージュを塗るようなもの。絶対に許してはもらえなかった。家事の合間に台所の片隅でこそこそやるのがせいぜい。

料理がうまくて、ものも書ける女なんているのかしら？　いるわ。「台所の詩人(キッチンポエット)」。人はそう呼ぶ。シチューに「言葉」の具を入れ、ポークを「意味」の衣に巻いてフライにする。「物語」のだんごを作り、娘たちの口に詰め込むものだから、娘はもうそれ以上何もしゃべれなくなる。

「あの娘はどうしたいんだい？　どうなりたいのかしらね？」休日には近所のおばさんたちが集まって、あなたのことをあれこれ聞いたことでしょう。このニューヨークでは何の意味もないことだけど、ハイチでは誰もが必ずする大切な挨拶だった。

❖

「あの娘は無口になりたいのさ」いつもあなたのお母さんはそう言った。「だって、いつもぺちゃくちゃぺちゃくちゃ。『クリック？　クラック！　鉛筆！　紙！』ってね。まるで叫んでるみたいだよ」

実際、あなたの心のなかでは誰かが叫んでいた。書くことへの誘惑の悪魔。「おまえにはこれしかない。書くことしかないんだ」って。魚の包装紙、パンストの厚紙。あなたにはそれが最良の友だったでしょ。

あなたにとって書くこと、それは髪をとかすようなもの。乱れた髪の毛を整えては束ねてゆく。まだ上手にはできないあなたの指。まだ髪の束の長さも太さも重さもそろえられない。まるでおばさんたちのように、みんなばらばらで個性的だ。昔話や例え話から比喩や独白、それに言葉づかいや何だかよくわからないものまで、その十本の指を使って鍋でごった煮にする女たち。

あなたも十本の指を持っている。その指に無理やりペンなど持たせたら、さぞかし指も怒ることでしょう。だめだめ、ハイチの女はものなんか書くものじゃないって。玉ねぎを彫刻し、芋で銅像でも作ればいい。暗い部屋の片隅で髪の毛を静かに梳いてればいいんだって。頑固で言うことを聞かず押えつけられない髪の毛は、ハイチの女には必要ないのだから。

髪をとく鏡のなかのあなたは、きっとあなたのお母さんによく似ているはず。初めてノートを見せたときの母親の顔。ものを書く仕事に就きたいと告げたときの失意に満ちたあの顔を、あなたは絶対に忘れないでしょう。家事だけが仕事だったあなたの母は、わかっていないとあなたを叱る。「これがお母さんへの恩返しなのかい？　こんな殴り書きなんて、何の価値もありゃしない。ああ、なさけない」

物書きは何の痕跡も残さない。とくにハイチではそうだ。ハイチの物書きの宿命、それは女なら拷問、男なら死。嘘つき売女と罵られ、犯され、殺された女たち。ハイチでは物書きはみな政治的だと見なされる。死ぬまで地下牢に閉じ込められ、どろどろに溶けた熱いコールタールを身体中に塗られて、挙げ句の果てには自分の排便を無理やり食べさせられる。それがハイチの物書きの運命だった。

❖

「家族に必要なのは主婦なんだよ。犯罪者じゃない。いつも顔を上げて前に進んでいかなきゃならない。紙くずのなかに顔をうずめてなんかいられないんだ。母さんは黒い帽子をかぶって埃っぽい墓の前でおまえの名を呼んで泣くのだけはごめんだからね。過去に何万何千という女たちが、その十本の指を使ってココナッツの皮をむいてきたんだよ。その人たちのおかげで、いまのおまえがあるんだ。まるで日曜日のミサ用のリボンを扱うくらい大事そうに、そんな小汚いノートを抱きかかえるおまえがね。そんな姿を見るくらいなら、まだ顔に唾を吐きかけられるほうがましさ」

髪をとく鏡のなかのあなたは、きっとあなたのお母さんやおばあさんによく似ているはず。彼女らのささやきがあなたの身体にぶつかり、彼女らのつぶやきがあなたの頭を駆けめぐる。何千という女たちの声が、あなたのそのすり減った鉛筆の先から文字となってあふれ出すことを待ち望んでいる。なぜならハイチの女はみな台所の詩人（キッチンポエット）だから。いまは亡き女たちの願い、それはあなたがあなたのお母さんからもっとたくさん話を聞くこと。たとえそれがパトワや方言やクレオールのようなわかりにくい言葉であったとしても。

決して女たちは身内同士の連絡を途切れさせない。たとえ死んでも同じだ。たとえ死神であろうと、女たちの絆を引き裂くことはできない。あなたがどこにいようと、女たちの目はいつもあなたから離れない。額の汗やかかとの土埃のように、いつもあなたと一緒にいる。たとえ

あなたが暗い死の谷を一人歩かねばならなかったとしても、何も恐れることはない。あなたのそばには女たちがいつもついていてくれるのだから。

❖

まだ小さかった頃、あなたはよくこんな怖い夢を見たはず。あたりは一面幽霊だらけ、あなたに叫べと迫り来る。いいえ、いまでもそれは同じ。なぜなら幽霊の言うとおりにはできないとわかっているから。

女たちのほとんどはいつも頭（こうべ）を垂れていた。朝は、ゆうべ脱いだパンツを捜して頭を垂れる。でも、それは決して恥ずかしいことじゃない。女たちは歌い、塵（ちり）にすら価値を見つけようとした。そして、ときにはわたしたちのように世代を超えて会話した。

あなたはこう思うだろう。もしも話をしなければ空から天が落ちてくる、と。それは、もしも木がなければ、空が落ちてくるかもしれないと思うのと同じ。紙や鉛筆が手に入るのは、そんな木々の犠牲があってこそだと学校で習ったでしょう。いま、空は頭に届きそうなくらいにまで低くなってしまった。

この空の低さは、あなたを一生怖がらせるにちがいない。身を引き裂くほどにやかましいどの音よりも、あなたは静寂に打ち震える。ときにあなたは、自分一人の心臓の鼓動だけを聞きたいと願う。しかし、それは所詮かなわぬ夢。幾千年もの昔から生きつづける女たちの何千という心臓の鼓動が、あなたの耳にはきっと聞こえることでしょう。わたしたちが必要なとき、いつもあなたは「クリック？」と叫んだ。「クラック！」。これがわたしたちのいつもの返事。わたしたちは忘れ去られてはいない。そのことをあなたは示してくれたのだ。

❖

髪をとく鏡のなかのあなたは、きっとあなたのお母さんによく似ているはず。あなたのお母さんはあなたのおばあさんに、おばあさんはそのまたおかあさんに、さぞそっくりだったことだろう。一日の終わり、あなたのお母さんはあなたの名を呼ぶ。そして、食器を洗う合間にあなたを両膝にはさみ、髪をやさしくすいてくれたことだろう。いよいよ家事が終わったら、その髪を目一杯おめかししてくれた。まるで日曜日のミサ用のように。

髪がきれいに束ねられたら、お母さんはその束、一つひとつに名前をつけるようにあなたに言った。それは、幾千年ものときを経た現在(いま)も、なおあなたの血のなかに脈々と息づく何千何万というハイチの女一人ひとりの名前。女たちを記憶したのはあなたなのだから、きっとその名を言えるはず。そして、それは唯一の証になる。かつてハイチの女たちがそれぞれの人生を生き、そして死に、ふたたび記憶のなかで生き返る唯一の証に。

訳者あとがき

エドウィージ・ダンティカの名前を初めて耳にしたのは、一九九六年春のパリでのことでした。親交のあったアメリカ黒人女性作家のポール・マーシャル氏が、注目すべき若手作家として真っ先にあげたのが彼女の名前だったのです。私は帰国してすぐに短篇集を手に入れ、珍しく一気に読み上げました。恐ろしく、苦しく、悲しく、そして激しい現実のなかに、微笑ましく、温かく、たくましく、そして静かに生きる人びと。それぞれの主人公に対する底知れぬ愛しさと慈しみで胸がいっぱいになった私は、すぐに翻訳することを心に決めました。

ダンティカが幼少期を過ごしたハイチは、一八〇四年に黒人国家としてはじめて独立を果たした誉れ高い国です。一四九二年のコロンブス到来以来、ハイチを含むカリブ海地域の国々はスペインやフランス、イギリス等のヨーロッパ諸国に代わるがわる植民地支配されつづけました。同じく奴隷として大西洋を越えてアフリカから連れてこられたジャマイカやトリニダードの黒人が一九六〇年代まで果たせなかったことを一五〇年以上も早く成し遂げたハイチは、カリブはもとより世界中の黒人の羨望の的でした。しかし同時に、独立したがゆえにハイチは圧倒的な貧困と一部の権力者による独裁政治にずっと苛まれてきました。アメリカのハイチ移民の多くもまた、それらから逃れるために命からがら海を渡った人びとなのです。

そのような過酷な歴史的、社会的現実のなかで、彼らは故郷の地アフリカの豊かな文化伝統を決して絶やそうとはしませんでした。本短篇集のタイトルである『クリック？クラック！』は、そんなアフリカの口承伝統をそっくり受け継いでいます。伝統的に文字のなかったアフリカでは、「語る」ことはすべてを意味しました。語ることは伝え育むこと。人が人として生きていくための知恵や教訓、慈しみや優しさを、彼らは「語る」ことによって伝え育んできたのです。語り手が「クリック？」と尋ねると、あたりの聴衆は待ち兼ねたように「クラック！」と答え、耳をすます。まさにダンティカはこの伝統にのっとり、時空を超えた現代の「語り手」として、新たに加えられた文字という文化を駆使し、私たち読者に「クリック？」と尋ねているのです。人としての大切な思いを伝え、私たちの心を育みたいという切なる願いをこめて。

最後に、この翻訳が再版されたことは感無量です。初版から十七年の歳月を経て、再び読者の目に触れることができる喜びをかみしめています。そのきっかけを作って下さった編集者の片岡力氏はじめ、厳しい出版事情のなかでの再版を決意していただいた五月書房新社の柴田理加子社長には心より感謝の気持ちを捧げたいと思います。ありがとうございました。

二〇一八年六月末日

山本　伸

［著者］**エドウィージ・ダンティカ** *Edwidge Danticat*

ハイチ系アメリカ人作家。1969年ハイチのポルトープランス生まれ。経済的理由で両親が先にニューヨークに移住したために、幼少期は叔父母と過ごす。12歳のときにニューヨークにわたり両親と合流、以後ブルックリンのハイチ系コミュニティで育つ。母語はハイチクレオールであるが、文学作品はすべて英語で発表している。バーナード大学卒業、ブラウン大学大学院修了。修士論文をベースにして書いた『息吹、まなざし、記憶』がデビュー作。デュバリエ独裁政権による民衆弾圧、隣国ドミニカによる虐殺などのハイチの暗い社会的記憶を、声高にではなく静ひつで抒情的な筆致で描く作風が高く評価されている。『クリック? クラック!』で全米図書賞（アメリカン・ブックアワード）最終候補、『骨狩りのとき』で全米図書賞、『愛する者たちへ、別れのとき』で全米書評家協会賞を受賞。最近ではノーベル文学賞に次ぐといわれるノイシュタット国際文学賞（2018年度）を受賞している。

［訳者］**山本 伸** *Shin Yamamoto*

1962年和歌山県生まれ。四日市大学環境情報学部メディアコミュニケーション専攻教授。沖縄国際大学大学院非常勤講師。専門は英語圏カリブ文学。著書に『カリブ文学研究入門』（世界思想社）、『琉神マブヤー でーじ読本 ―ヒーローソフィカル沖縄文化論―』（三月社）。共編著書に『世界の黒人文学』（鷹書房弓プレス）、『バードイメージ ―鳥のアメリカ文学―』（金星堂）、『衣装が語るアメリカ文学』（同）、共著書に『土着と近代　―グローカルの大洋を行く英語圏文学―』（音羽書房鶴見書店）、『20世紀アメリカ文学を学ぶ人のために』（世界思想社）、『英語文学とフォークロア ―歌、祭り、語り―』（南雲堂フェニックス）他多数。訳書にR・カーニー『20世紀の日本人』（五月書房）、E・ダンティカ『デュー・ブレーカー』（五月書房新社）、共訳書にV・S・ナイポール『中心の発見』（草思社）、M・バナール『黒いアテナ ―捏造されたギリシャ文明―』（新評論）他多数。また、研究者の他にFMラジオ人気番組のDJという顔ももつ。

クリック? クラック!

本体価格……二〇〇〇円
発行日……二〇一八年 八月 一日 改訂新版第一刷発行

著者……エドウィージ・ダンティカ
訳者……山本(やまもと) 伸(しん)
発行者……柴田理加子
発行所……株式会社 五月(ごがつ)書房新社
東京都港区西新橋二―八―一七
郵便番号 一〇五―〇〇〇三
電 話 〇三(六二六八)八一六一
FAX 〇三(六二〇五)四一〇七
URL www.gssinc.jp

装幀……山田英春
挿画……千海(ちかい)博美
編集・DTP……片岡 力
編集補助……村松恒之 牛田美香
印刷/製本……株式会社 シナノパブリッシングプレス

ISBN: 978-4-909542-09-0 C0097